QUEM É OLÍVIA RYAN?

QUEM É OLÍVIA RYAN?

Suzana Delgado

- 2019 -

QUEM É OLÍVIA RYAN?

Esta é uma obra de ficção. Nomes, personagens, empresas, organizações, localidades e incidentes são frutos da imaginação da autora ou foram por ela usados de forma ficcional. Qualquer semelhança com pessoas reais, vivas ou não, acontecimentos e locais é mera coincidência.

Publicado de maneira independente por Suzana Delgado pela Amazon. Todos os direitos reservados. Proibida a reprodução, total ou em partes, através de quaisquer meios.
Os direitos autorais e morais da autora foram contemplados.

Agradecimentos,

Agradeço à minha mãe, leitora ávida, por ter me apresentado o mundo fascinante da leitura.

Ao meu marido, pelo incentivo e por não ter desistido de mim, nem mesmo quando eu mesma já havia quase desistido.

À minha doce Sabrina, por me apoiar e se orgulhar do meu trabalho, sem entender ao certo do que se tratava, mas pelo simples fato de me ver feliz em fazê-lo.

Prólogo

Toda vestida de preto, para não ser reconhecida, ela caminhava confiante pela noite fria e deserta da pacata e segura cidade de Naas, em direção à rua em que o alvo morava. O termômetro indicava três graus, mas o vento gélido, que não dava trégua nessa época do ano, fazia com que a sensação térmica fosse negativa, e nem mesmo os gatos se aventuravam pelas ruas frias, preferindo o aconchego dos seus lares.

Seria o seu primeiro assassinato, mas não o seu primeiro delito. Ela já havia cometido outros de menor importância, os quais já havia cumprido pena por eles, não devendo mais nada à sociedade. Pelo menos era nisso que ela acreditava.

A criminosa aceitou o trabalho logo que ele lhe fora oferecido. A vultosa recompensa era atrativa demais para ser negada e lhe proporcionaria uma momentânea vida de luxo, segundo os seus critérios, é claro. Já era chegada a hora dela e da sua filha não terem mais de se privar de coisas materiais, pelo menos por bom tempo, e foi pensando na criança que Cameron não hesitou em aceitar a proposta.

Matar estava fora dos seus planos. Jamais havia cogitado dessa espécie de crime, mas o sacrifício valeria a pena, diante da recompensa. Sua vida nunca foi fácil. Desde criança teve de batalhar duro para conseguir o pouco que possuía, sujeitando-se, inclusive, a trabalhos humilhantes e exaustivos, os quais eram rejeitados por aqueles que tinham um pouco de brios. Portanto, uma oportunidade como aquela não poderia ser negada, ainda mais quando se tem uma filha para criar.

Confiante e determinada, com passos firmes, Cameron caminhava pelas ruas arborizadas da cidade, repassando mentalmente todos os passos do caminho do crime que teria de seguir à risca, os quais foram cuidadosa e meticulosamente engendrados e instruídos pela mandante. Falhas, segundo fora alertada diversas vezes, seriam inaceitáveis, pois custariam a sua liberdade, e isso ela não estava disposta a perder novamente.

Quando, enfim, avistou a casa do alvo, Cameron se escondeu atrás de um arbusto e, com os olhos fechados, sussurrou para si mesma uma espécie de oração. Ao terminar suas preces, respirou fundo o ar gélido e denso da noite, que entrou em seus pulmões na velocidade de um foguete, queimando-os. Com a mão direita no bolso, ela tocou firmemente o revólver que ali estava. Suas mãos tremiam e seu coração batia acelerado. Era a hora de agir.

Parada em frente à casa do alvo, Cameron analisou cuidadosamente o local do crime. As luzes das amplas janelas dos quartos do segundo pavimento estavam acesas, e uma fumaça densa saía incessantemente do cano da parede lateral direita da casa, indicando que o aquecedor estava ligado. Não havia dúvida, portanto, de que alguém estava no local.

Antes de se mover novamente, Cameron analisou o seu entorno e notou que todas as casas da rua tinham a arquitetura externa idêntica à do alvo: dois pavimentos, janelas grandes, garagem na entrada do imóvel e porta lateral, com acesso para o jardim. "Vamos morar em um lugar assim, minha filha", disse a criminosa em voz baixa para si mesma.

Ao se sentir segura, Cameron caminhou lentamente até a porta da entrada da casa. Com a respiração ofegante, tocou a campainha, selando de vez o seu destino com aquele ato.

Minutos se passaram até que a porta se abriu, os quais pareceram uma eternidade à novata assassina.

— Olá! — disse alegremente uma mulher loira, parada à porta da residência.

— Me deixe entrar! — ordenou a criminosa, olhando de soslaio para o bolso da sua calça, que indicava que ela portava uma arma de fogo.

Aterrorizada, a jovem e rica Eleanor não hesitou em fazer o que lhe ordenou aquela estranha mulher, temendo não só pela sua vida, mas também pela do bebê que carregava em seu ventre.

Uma vez dentro da casa, Cameron, cujos pensamentos se voltavam única e exclusivamente à recompensa que receberia com aquele ato, deu início ao meticuloso e engenhoso plano de assassinato de Eleanor, seguindo à risca as orientações dadas pela mandante do crime.

– Um –

Durante toda a minha vida eu busquei o amor, mas quase sempre fracassei. A bem da verdade, o pouco contato que eu tive com esse sentimento só me trouxe dor e desilusão, mas nem mesmo assim eu deixei de buscá-lo.

Dizem que o primeiro contato com o amor se dá na infância, com os nossos pais, mas eu não tive essa sorte. Meus pais, Emma e Peter, morreram quando eu tinha apenas três meses de idade, em um acidente de carro, quando voltavam de um concerto de músicas de Natal. Eles haviam me deixado aos cuidados da minha tia Anne, irmã mais nova da minha mãe, para desfrutarem dos últimos momentos de suas vidas, sem que soubessem disso, é claro.

Pelo que li nos jornais da época, por conta do mau tempo, o carro em que os meus pais estavam perdeu o controle, vindo a derrapar e a cair em um barranco. A morte do meu pai foi instantânea. Minha mãe, ao contrário, foi morrendo lentamente durante as duas semanas em que ficou internada na UTI do hospital, até que um dia ela decidiu me deixar e se juntar ao meu pai.

As únicas coisas que me restaram dos meus pais foram o nome e o sobrenome que me deram: Olívia Ryan. Eles não eram ricos e não me deixaram bens, tampouco tiveram tempo para me ensinar valores morais e éticos que carregavam consigo e que certamente teriam me transferido se tivéssemos convivido. Essa foi uma das inúmeras lacunas com as quais tive que conviver durante a minha vida adulta e que me cobrou um preço alto demais para preenchê-la; não pude arcar.

Para que eu não fosse posta à adoção, a minha tia Anne foi obrigada a me adotar e a tomar conta de mim. Ela tinha apenas vinte e três anos de idade na época e uma vida inteira pela frente, da qual foi privada, diante da responsabilidade que a vida lhe impôs, sem sequer lhe perguntar se ela estaria disposta a tanto.

Alta, esguia e curvilínea, por onde a minha tia passava arrancava suspiros, com a leveza e a graciosidade dos seus passos. Com feições tipicamente irlandesas, tinha cabelos ondulados e avermelhados, pele clara e olhos azuis da cor do céu. Pude reparar, nas poucas fotografias que ela havia tirado ao lado da minha mãe, que a tia Anne era, de longe, a mais bonita das irmãs.

Na época do acidente, tia Anne frequentava um curso de enfermagem e sonhava em exercer a profissão, mas a morte dos meus pais a obrigou a pôr os seus sonhos de lado e a cuidar de mim, ainda que a contragosto. Para que pudesse nos sustentar, ela arrumou um emprego de garçonete em um pequeno restaurante italiano no centro de Dublin. Contudo, como o salário não era suficiente para pagar as nossas contas, durante as suas folgas, ela trabalhava como faxineira em casas de família, o que a deixava bastante frustrada, segundo me jogou na cara, anos após anos.

Não obstante todos os seus esforços, o fato é que nós nunca tínhamos dinheiro para supérfluos, mas somente para comprar as coisas comezinhas do dia a dia. Me lembro que o único brinquedo que eu tinha naquela ocasião era uma coelhinha bege felpuda, do tamanho da minha mão, que a minha mãe havia me presenteado logo quando eu nasci. Nós éramos inseparáveis e, quando eu cresci, resolvi chamá-la de Hope.

Raras eram as vezes em que eu e a minha tia desfrutávamos de algum tempo juntas, já que na maior parte do dia, e até mesmo da noite, ela estava trabalhando para nos sustentar. Enquanto isso, eu ficava na casa de uma vizinha, uma senhora africana chamada Amatra, que não tinha afinidade alguma com crianças, mas que se dispunha a prestar esse tipo de serviço porque precisava do dinheiro. Pensando agora sobre o tempo em que passei aos seus cuidados, percebo que pouco me recordo dessa época da minha vida. Tenho apenas vagas lembranças, nem boas, nem ruins, o que hoje encaro como um ponto positivo.

Seja como for, os raros momentos que passei junto à tia Anne contribuiu para a definição da minha frágil personalidade e gerar os traumas que carreguei durante a minha vida adulta, os quais refletiram em todos os meus relacionamentos, sem exceção. Eu me tornei uma espécie de cristal, diariamente trincado e impossível de ser remendado, com as frustrações e raivas por ela descontadas, por ter abdicado da sua vida, dos seus sonhos, para cuidar de uma criança, que sequer havia colocado no mundo, como sempre me disse, para justificar o seu comportamento agressivo. Eu jamais recebi uma demonstração de afeto ou coisa que o valha da minha tia, mas apenas críticas, xingamentos e humilhações, quase que diárias.

Mas o que era ruim conseguiu ficar ainda pior com o passar dos anos. Tia Anne começou a beber diariamente, e não foram poucas as vezes em que chegou em casa bêbada e me bateu, sem motivo algum. Ela deveria saber o porquê estava me batendo, mas eu não tinha ideia do porquê estava apanhando.

No início, após as surras, eu recolhia os meus joelhos e os abraçava fortemente, e chorava durante horas, tendo somente a Hope para me consolar. Entretanto, com o passar do tempo, me acostumei. E, sempre que a luz do meu quarto se acendia no meio da noite, eu já sabia o que iria acontecer e apenas aceitava as coisas como elas eram, como qualquer criança da minha idade aceitaria, sem jamais questioná-las.

Não posso dizer que não tive uma figura adulta na minha infância, como ocorre com crianças órfãs que crescem em orfanatos ou abrigos, afinal eu tinha uma tia, que, quer queira, quer não, era sangue do meu sangue. O que aconteceu, hoje vejo com clareza, é que a mão que deveria ter me afagado, me agredia. E a voz que deveria me acalmar e me fazer sentir segura, me aterrorizava.

Essas são as parcas lembranças que tenho desde o meu nascimento até os meus cinco anos de idade, quando eu comecei a frequentar a escola, que foi o meu primeiro contato com o mundo externo.

Para a minha surpresa e felicidade, no primeiro dia de aula, uma alegre e simpática menina se aproximou de mim e se apresentou.

— Me chamo Eleanor. Quer ser a minha melhor amiga?

A nossa conexão foi instantânea, apesar de pertencermos a mundos completamente distintos, já que ela era filha da tradicional e abastada família Murphy. Materialmente, a nobre menina tinha tudo, enquanto eu, a pobre Olívia, nada. O único elo que nos conectava era a ausência de amor.

Eleanor raramente via os seus pais, que estavam sempre ocupados com seus compromissos sociais. Seu pai era um banqueiro renomado e a sua mãe presidente do Ladies Golf Club Association de Dublin, questões que os mantinham bastante atarefados. A rica menina era criada por babás, que volta e meia eram substituídas, sem que lhe revelassem o porquê.

Desde que nos conhecemos, não teve um só dia que não nos sentamos juntas na sala de aula e dividimos os nossos lanches. Na hora do intervalo, brincávamos de amarelinha e pega-pega no pátio da escola, nos entregando aos encantos da infância. E quando chegava a hora de nos despedirmos, nos abraçávamos ternamente e fazíamos juras inocentes de nunca deixarmos de ser melhores amigas e, sem que soubéssemos, essa promessa nos motivava a acordar no dia seguinte.

Um certo dia, Eleanor me convidou para ir brincar em sua casa, depois da aula. Não pensei duas vezes para aceitar o convite, pois seria a primeira vez que eu frequentaria a casa de alguém, além de nossa vizinha Amatra. Lembro-me de mal ter dormido o dia anterior, tamanha ansiedade que eu sentia em relação à experiência que eu estava prestes a vivenciar.

Na saída da escola, o motorista da família Murphy nos esperava para nos conduzir à mansão de Eleanor. Logo que chegamos ao local, subimos uma imensa escadaria que nos levou à porta principal da casa, onde três empregadas, impecavelmente vestidas com uniformes nas cores branco e azul, nos receberam com largos sorrisos em seus rostos, os quais, timidamente, retribuí.

Em silêncio, observei a imponente construção e imaginei o quão distante era a realidade econômica da família de Murphy da minha. Pelas paredes brancas da casa havia diversos quadros pendurados, mas todos com imagens melancólicas ou abstratas, sem vida, tampouco cor. "Muito provavelmente tais imagens refletiam os sentimentos da sua família", pensei. Havia também dois bustos humanos esculpidos em mármore branco, o que tornava a decoração da casa ainda mais impessoal e estranha, aos meus olhos inocentes, é claro.

Mas o quarto de Eleanor era diferente. Ele tinha o seu jeito e as suas cores, além de um agradável aroma de maçã e canela, o qual permanece até hoje em minha memória. Nas paredes pintadas na cor rosa pastel havia asas de borboletas penduradas, e sobre a cama caía um lindo dossel rendado, dando ao quarto um ar delicado e de realeza. Por todos os cantos do cômodo havia brinquedos, pelúcias e livros espalhados, lembrando que o quarto pertencia a uma criança.

Enquanto eu ainda explorava os seus aposentos, Eleanor voltou do seu closet e me ofereceu um de seus vestidos de festa florido, tendo pego outro para si, igualmente encantador. Ambas nos trocamos apressadamente, e, quando eu vi a minha imagem refletida no espelho, desatei a chorar copiosamente.

— Por que você está chorando? — perguntou Eleanor, docemente.

— Eu nunca vesti algo tão lindo em toda a minha vida. Eu pareço uma princesa vestida assim — respondi humildemente, enquanto enxugava as minhas lágrimas e balançava o meu corpo de um lado para o outro, para movimentar o tecido do vestido.

— Maria, minha última babá, me disse que todas as meninas são princesas, sabia? E sempre que ela me colocava para dormir, me contava histórias de princesas e seus príncipes... — falou Eleanor em tom confiante.

— Mas, por que ela lhe contava histórias para dormir? — "Falar enquanto estamos tentando dormir, não ajuda, pelo contrário, atrapalha", pensei.

— Oras, para que eu adormecesse mais rápido. Ninguém nunca lhe contou uma história para que você pegasse no sono? — disse Eleanor, parecendo intrigada.

"Não. Na verdade, ninguém jamais havia sequer me colocado para dormir, muito menos me contado histórias, cantado cantiga de ninar ou coisa que o valha", pensei comigo mesma. Irritada, decidi mudar de assunto.

— Maria, sua babá, está errada. Eu não sou uma princesa. Nunca serei.

Olhei novamente para a minha imagem no espelho, enxuguei as lágrimas do meu rosto e tirei o vestido o mais rápido que pude. Eu era uma menina pobre: de amor, de afeto, de absolutamente tudo, e nada que eu vestisse seria capaz de mudar isso.

Ao perceber a minha tristeza, Eleanor se aproximou e me abraçou com ternura. Era a primeira vez que eu recebia um abraço e eu fiquei entorpecida com as sensações de conforto e acolhimento que ele me proporcionou. Ficamos abraçadas por um longo tempo, pois acredito que ela, assim como eu, nunca havia sido abraçada com genuíno amor.

Quando, enfim, nos separamos, ela me olhou nos olhos e me disse que acreditava que todas as meninas eram de fato princesas e que eu não seria uma exceção, me presenteando, em seguida, com o vestido que eu havia provado. Emocionada, eu agradeci o presente e o guardei na mochila da escola. Depois, fomos brincar, já que brincar era tudo o que queríamos e sabíamos fazer naquela época.

Ao voltar para casa naquele dia, feliz da vida com o presente que eu havia ganhado da minha melhor, e única, amiga, me deparei com a tia Anne sentada no sofá da sala de estar. Como de costume, ela segurava um copo de bebida na mão e seus olhos estavam vermelhos.

— Posso saber por onde você andava? — disse, num tom de voz mais alto e firme que o normal, o que me fez estremecer.

— Eu estava na casa de uma amiga da escola. O seu nome é Eleanor Murphy.

— Que amiga? Você não tem amigas, sua imprestável — gargalhando, minha tia se serviu de mais um gole da bebida que estava em seu copo.

— Eu tenho sim! Ela até me presenteou com um vestido de festa lindo, quer ver?

Orgulhosa, abri a minha mochila da escola e tirei o vestido floral que lá estava, mostrando-a como um troféu para a minha tia. Foi então que, para a minha surpresa, ela se levantou com dificuldade do sofá e se dirigiu cambaleando até mim, e, sem que houvesse tempo para eu reagir, ela tomou o vestido das minhas mãos e começou a rasgá-lo, gargalhando, ato após ato. Cada rasgo que era feito no tecido era como se fosse na minha própria pele. "Por que ela era tão má comigo? Por que me odiava tanto?".

— Sua ladrazinha de merda. Você furtou o vestido!

— Eu não o furtei! Eleanor me o presenteou. Eu juro! Todavia, por mais que eu tentasse explicar, parecia que nada mudava a sua postura. Para ela, eu havia furtado o vestido, pois ninguém me daria um presente, de tão imprestável que eu era.

E foi esse o fim da minha amizade com a doce menina rica. No dia seguinte, tia Anne e eu fomos até a casa dos

Murphy´s, para devolver o vestido, mesmo rasgado, e pedir desculpas pelo furto e danos que afirmou a eles que eu havia cometido.

Eleanor tentou em vão interromper a conversa de seus pais com a minha tia, para lhes explicar que se tratou de um presente e não de um furto, mas, como de costume, eles não lhe deram ouvidos. Enquanto a tia Anne falava, eles me fitavam com olhares de reprovação, mas não de indignação, até porque, para eles, era compreensível que uma menina da minha estirpe tivesse feito o que fez.

Essa foi a última vez que eu conversei com a Eleanor durante a minha infância, por mais que os nossos olhos, nas inúmeras vezes que se cruzaram na escola, tenham transmitido carícias recíprocas.

– Dois –

Apesar do incidente com Eleanor, o meu primeiro ano na escola transcorreu relativamente bem, a despeito da sua amizade me fazer uma tremenda falta. Contudo, não procurei substituí-la, até porque isso seria uma tarefa árdua naquela época, já que os meus colegas de classe me consideravam esquisita e desengonçada demais para fazer parte do seu seleto grupo.

De fato, não posso negar que eu era uma criança introspectiva e triste, mas não tinha como eu me comportar de forma diferente, diante das constantes ameaças de surras que eu sofria por parte da minha tia, caso eu revelasse a quem quer que fosse os nossos segredos. Mas revelá-los, naquele momento, jamais fora uma opção para mim, tamanha a vergonha que eu tinha das coisas pelas quais eu era submetida nas quatro paredes do nosso lar. Me isolar, portanto, era a única forma de eu me proteger naquela época; de eu me blindar.

Contudo, ainda assim eu era uma criança, e precisava de carinho e atenção, como todas as outras da minha idade, que, em vez de me acolherem e brincarem comigo, me discriminavam e me isolavam. Foram raras as ocasiões em que participei de uma brincadeira, sem que um professor tivesse forçado a situação, ou fui convidada para uma festa de aniversário de colegas de classe. Eu era estranha e nenhuma criança queria conviver com alguém assim. Mas eu não podia puni-los pelos seus comportamentos, já que eles não sabiam dos motivos que me levavam a ter os meus.

Para tentar compensar as minhas esquisitices e o meu isolamento, decidi me dedicar exclusivamente aos estudos, o que me destacou entre os demais alunos da classe, que só sabiam conversar e brincar. Como eu não tinha com quem brincar, tampouco conversar, já no segundo ano escolar eu era uma aluna aplicada e educada, e não foram raras as vezes que recebi pequenos mimos, dito prêmios, da professora, pelo meu bom comportamento e desempenho. E quando isso acontecia, meu coração se enchia de alegria de tal forma que parecia que ele iria explodir, já que ser reconhecida por algo e ser recompensada eram novidades para mim. Pelo menos nesse aspecto da minha vida, naquele período, eu posso afirmar que eu era feliz.

Mas o mesmo não pode ser dito em relação ao meu relacionamento com a tia Anne. Conforme eu fui crescendo, as minhas responsabilidades aumentaram significativamente. Eu tinha a obrigação de cuidar da casa, pouco importando se eu era apta a tanto ou não. Mas confesso que, apesar de cansativo, os afazeres do lar não eram um problema para mim. Me lembro até de sentir prazer em fazer tais atividades, pois naquela fase da vida tudo era lúdico.

Enquanto eu lavava a louça ou varria o chão da cozinha, conversava com uma das poucas bonecas que eu tinha ganho em uma das premiações da escola, fingindo que eu era a sua mãe e que precisava me dedicar aos afazeres do lar. Não posso negar que eu me divertia no mundo da imaginação que eu criava.

O problema, isso sim, era quando eu não atendia às elevadas expectativas da tia Anne com relação à limpeza da casa. E é claro que isso acontecia com uma certa frequência, diante da minha tenra idade e inaptidão para a execução de tais tarefas. Volta e meia ela me apontava algo que não estava do seu agrado, como um copo mal lavado, um canto da casa não varrido, uma janela suja etc., e, quando isso acontecia, ela me aplicava castigos mirabolantes. Tia Anne era criativa, isso devo dizer.

Os primeiros castigos que ela me aplicou não foram muito criativos. Todavia, quando ela já havia esgotado todos os métodos tradicionais de punição aplicáveis às crianças da minha idade, como deixar de assistir à televisão por um dia ou de brincar com os poucos brinquedos que eu tinha, foi quando ela se revelou ser bastante criativa.

Não foram raras as vezes em que fiquei sem jantar, sendo que essa era a refeição mais farta do meu dia, já que, na grande maioria das vezes, a única comida que tínhamos era a que ela nos trazia do restaurante italiano em que trabalhava. Contudo, eu jamais questionei as suas punições. Pelo contrário, acreditava que eu as merecia, diante do meu mau comportamento.

O verão virou outono, sem que nada tivesse mudado em nossas vidas, a não ser a forma de nos vestirmos, antes com vestidinhos leves, depois com pesados casados. Os castigos, surras e xingamentos não aumentaram, tampouco diminuíram, o que eu via com bons olhos. Mas, como eu disse, naquela época eu achava tudo aceitável e justificável, já que eu havia desagradado ou desobedecido a minha tia, que estava sempre exausta, mas nunca a ponto de deixar de me castigar por algo.

— Olívia, venha já aqui, sua imprestável — eu já conhecia aquele tom de voz e, por isso, me preparei para o pior.

— Pois não, tia Anne — encolhida no canto da parede em frente ao banheiro, respirei fundo, pensando em qual seria o castigo que eu estava prestes a receber.

— Está vendo essa sujeira aqui no canto da latrina?

— Sim — minha voz era quase um sussurro.

— Se está vendo, por que não a limpou? Posso saber?

— Me perdoe, tia Anne. Prometo que isso não voltará a acontecer — com a cabeça baixa, repeti mais uma vez o meu pedido de desculpas, mas foi em vão. O modo como ela me fitou nos olhos e a fúria que eles exprimiam, deixou entrever que eu seria punida por aquele erro, como sempre, aliás.

Enquanto eu ainda lhe pedia desculpas, tia Anne se virou e me deixou falando sozinha. Ela foi até a cozinha e, quando retornou, notei que trouxe consigo um copo de vidro, o qual encheu com água da privada.

— Se estava limpa o suficiente para você, deve estar limpa para beber, não é mesmo?

Com os olhos fechados, eu tomei toda a água do copo de uma só vez, para me livrar o quanto antes da minha punição.

Tia Anne estava brava e não era por menos, já que eu não havia limpado direito a latrina do banheiro. A punição, portanto, me pareceu justa e relativamente fácil, já que me bastava tomar rapidamente a água do copo.

Em silêncio, fui para o meu quarto, do qual não pretendia sair até o dia seguinte, para não mais irritá-la. Ela precisava descansar, pois o dia seguinte seria puxado, como todos os outros da sua vida.

Pela janela do quarto, eu observava as árvores que estavam em frente à casa, já sem folhas, anunciando a chegada do inverno. Entretanto, mesmo desfolhada, as árvores tinham o essencial para sobreviver àquela rigorosa estação do ano, assim como eu, pensei.

– Três –

Em uma linda manhã de primavera, tia Anne me acordou bruscamente e ordenou para que eu me levantasse e vestisse a roupa que ela havia deixado no pé da cama. Era um vestido, muito provavelmente comprado em uma dessas lojas de caridades tão comuns na Irlanda, já que não tínhamos condições econômicas de comprar roupas nas lojas de departamento.

O vestido não era nada gracioso, tampouco tinha a fineza daquele que eu outrora havia provado na casa da Eleanor. Muito pelo contrário, ele era bege claro e liso, muito se assemelhando a uma camisola velha e sem graça, mas era o meu primeiro vestido e eu estava feliz pelo simples fato de tê-lo.

Com o vestido em minhas mãos, me dirigi à janela do meu quarto, como de costume, para desfrutar da linda paisagem primaveril. A primavera era, sem dúvida alguma, a minha estação preferida, tamanha a beleza e a quantidade de cores das folhas e das flores que desabrochavam espalhadas pela cidade. Na rua em frente a nossa casa, crianças brincavam alegre e livremente com seus patinetes e bicicletas. O clima era de festividade, em celebração à primavera.

Eu não tinha bicicleta ou patinete, tampouco tia Anne me deixava brincar na rua com as crianças da vizinhança, mas, ainda assim, eu adorava assisti-las pela janela do meu quarto e imaginar como seria se eu pudesse brincar com elas.

Deixando os pensamentos de lado, me apressei em colocar o vestido, para não irritar a minha tia. O dia estava lindo e passear o tornaria ainda mais especial. Vestida, me dirigi alegremente à sala de estar e me deparei com tia Anne sentada no sofá, com o cenho franzido. Ao me aproximar, ela se levantou e eu não pude deixar de reparar o quão linda ela estava no longo vestido branco perolado, que, apesar de simples, era gracioso. Sobre os seus cabelos longos cacheados e avermelhados havia uma coroa enfeitada com pequeninas margaridas, dando um toque romântico ao seu visual. "Ela parecia uma princesa saída de um conto de fadas", pensei orgulhosa.

— Nossa, você está linda! — falei, inocentemente.

— O mesmo não posso dizer de você. Está parecendo um saco de batatas velho. Vamos, não quero me atrasar para o meu casamento!

"Casamento? Então era essa a ocasião para a qual nos arrumamos? Mas, com quem ela se casaria?". Até então, eu jamais havia visto minha tia na companhia de um homem. Na verdade, de ninguém, pois nem amigos tinha. Assim como eu, ela havia se isolado de tudo e de todos. Fiquei intrigada e, por isso, resolvi questioná-la.

— Casamen... — quando eu ainda terminava a palavra, fui abruptamente esbofeteada no rosto, a ponto de me deixar desorientada e sem ar.

— Isso é pelas respostas atravessadas que você me deu ontem à noite, sua petulante. Eu estava bêbada demais para lhe punir, mas isso não significa que eu esqueci das suas malcriações.

Com a mão no lado da face agredida, tentei relembrar o que eu teria dito de tão grave, a ponto de merecer tamanha agressão, mas nada, em absoluto, me veio à mente. A bem da verdade, eu sequer me lembrava o que eu tinha feito na noite anterior, como se houvesse uma espécie de apagão de memória, o qual não era a primeira vez que eu experimentava. Tais bloqueios de memória volta e meia aconteciam, mas, como eu era criança, não lhes dei muita importância à época.

Durante todo o trajeto, nenhuma palavra foi dita. Quando chegamos no cartório, na porta havia um homem alto e magro, com cabelos e olhos castanhos claros amendoados, aparentando ser um pouco mais velho que minha tia. Notei que em uma de suas mãos havia um pequeno, porém, delicado buquê de flores do campo, o qual ele mexia de um lado para o outro.

Ao nos aproximarmos da entrada do prédio, o estranho homem veio ao nosso encontro e puxou o corpo da tia Anne para junto de si, beijando-a ternamente em seguida. Desviei o olhar para os meus pés e enrubesci.

— Olívia, esse é o Patrick Ó'Neill — falei, friamente, como se estivesse me apresentado uma pessoa de pouca importância.

— Então, você é a famosa Olívia? Quantos anos você tem? — ele levou a sua mão até a minha bochecha e a acariciou. Recuei assustada, tamanha a falta de familiaridade com aquele gesto terno. Tia Anne sacudiu a cabeça, em sinal de desaprovação.

A primeira impressão que eu tive do Patrick não poderia ter sido melhor. Ainda que por uma pequena fração de segundo, ele foi carinhoso e atencioso comigo e, para quem não tinha nada, com aquele singelo gesto ele me conquistou.

— Sete. Mas em breve farei oito — disse orgulhosamente. E, depois, nada mais foi dito.

A cerimônia de casamento fora diametralmente oposta às expectativas que eu havia gerado ao longo do trajeto rumo ao cartório. Imaginei que seria como nos livros de contos de fadas que eu lia na escola, em que a noiva caminha graciosamente por um longo corredor em direção ao noivo apaixonado, que a espera ansiosamente. Mas não foi assim. Foi uma cerimônia formal, em uma sala fria e inóspita, em que os noivos assinaram um papel, formalizando a união do casal, na presença de estranhas pessoas como testemunhas.

Após o casamento, fomos todos juntos para o apartamento em que morávamos, e tia Anne ordenou que eu recolhesse todas as minhas coisas, pois iríamos nos mudar para a cidade de Naas, onde Patrick morava. Como de costume, sem questionar, eu apenas obedeci.

Apressadamente, corri para o meu quarto e coloquei as poucas coisas que eu tinha na minha mochila da escola e, quando eu terminei, retornei à sala onde eles estavam. Juntos, saímos do apartamento, sem que nenhum de nós olhasse para trás, nem mesmo minha tia. Aquele era um capítulo da nossa história que definitivamente ficaria no passado e nenhuma de nós iria sentir falta, isso ficou claro.

No caminho para o lugar onde seria o nosso novo lar, lembrei-me que eu havia esquecido a Hope em cima da minha cama.

— Precisamos voltar! Precisamos voltar! Eu esqueci a Hope — disse, já aos prantos. "Como eu pude esquecê-la?".

— Quem é Hope? — perguntou minha tia, com ares de descaso.

— É a coelhinha felpuda que a minha mãe me deu quando eu nasci. Lembra? Ela é um dos poucos brinquedos que eu tenho. Por favor, precisamos voltar para pegá-la.

— Não iremos voltar para pegar uma coelha idiota, Olívia. E pare de chorar. Não venha me criar problemas com o Patrick.

Hope era o único objeto que me ligava aos meus pais. Onde quer que eu estivesse, ela estava comigo, me protegendo e confortando. Mas eu a abandonei, assim como os meus pais me abandonaram. Eu falhei com a Hope, assim como os meus pais falharam comigo ao morrerem. Chorei por um bom tempo em silêncio, até que percebi que estaria mais sozinha do que nunca.

Nada foi dito durante o trajeto de Dublin para Naas. Quando saímos da rodovia, observei na entrada da cidade uma imensa esfera preta gigante, com diversos riscos nas cores amarelo e branco, semelhantes às faixas de trânsito pintadas na rodovia. O monumento era enorme e imponente, parecia um globo. A partir de então, não desgrudei os olhos da janela do carro, observando atentamente todos os locais por onde passávamos, curiosa para saber como seria a cidade em que eu iria morar.

Entramos em um amplo e arborizado condomínio residencial, cujas casas possuíam uma arquitetura muito semelhante umas às outras, sendo que a única coisa que as diferenciava, assim como em Dublin, era a cor da porta. Preto, amarelo, marrom, vermelho, azul, verde, enfim, as cores eram dos mais variados tons e gostos. Fiquei imaginando qual seria a cor da porta da casa do Patrick. Torci para que fosse uma cor bem animada.

A porta da casa do Patrick era marrom escura. A casa estava localizada em uma rua sem saída e possuía uma construção tipicamente irlandesa: fachada com acabamento de tijolos aparentes, porta no estilo georgiano, com um telhado em cima, chaminé, garagem para carros junto a um pequeno jardim na frente e uma entrada lateral que dava acesso ao amplo jardim. A casa tinha dois andares, três quartos, dois banheiros, espaçosas salas de visita e jantar, cozinha e uma pequena área de serviço. Então era assim que as pessoas felizes e normais moravam, conclui impressionada.

Assim como eu, tia Anne ficou bastante satisfeita ao visitar os cômodos da casa e em um raro momento pude observar que ela estava sorrindo. Não me lembrava da última vez em que a havia visto sorrir, mas definitivamente ela deveria fazê-lo mais vezes, pensei, já que o seu sorriso tinha deixado minha tia ainda mais bonita. Quando eu ainda contemplava a sua beleza, ouvi Patrick me chamar, para mostrar o cômodo que seria o meu quarto.

— Eu terei um quarto só para mim? — perguntei sorrindo.

— Sim. Este quarto é todo seu, Olívia!

— Poxa vida! Vou gostar muito de morar aqui.

— Deixe de graça e arrume as suas coisas — disse minha tia, num tom áspero e autoritário, como de costume. O sorriso que antes estava estampado em seu rosto desapareceu.

O quarto era gracioso. As paredes eram brancas e nelas havia dois quadros com retratos de flores, dando vida e alegria ao ambiente. Era mobiliado com uma cama, um criado-mudo, adornado com um abajur com a cúpula floral e um guarda-roupa branco de duas portas. Havia espaço mais do que suficiente para as minhas poucas roupas, as quais pendurei em seguida e guardei o meu único sapato.

Ouvi a porta da frente da casa bater. Eles deveriam ter saído e, portanto, eu tinha a casa toda para mim, podendo explorá-la livremente. Primeiramente, fui até o quarto que deveria ser o do casal e notei que sobre a cama havia três almofadas coloridas, adornando-a. Em cima de um dos criados-mudos, pousavam diversos livros dos mais variados temas e um óculos de leitura.

Nas paredes do quarto, assim como no meu, havia quadros pendurados, mas não eram retrato de flores e sim de um barco antigo, isolado na imensidão do mar. O outro quadro, harmonicamente pendurado, era uma pintura de cachorros de caça, correndo à beira de um lago, atrás dos patos que ali estavam. Preferi o último.

Saindo do quarto, desci as escadas do segundo andar, rumo ao piso térreo da casa. A sala de estar, mesmo com pouca mobília, era aconchegante. Havia uma lareira que dava ao ambiente um toque romântico e acolhedor. Me sentei no sofá de dois lugares e sorri satisfeita com tudo o que eu estava vendo.

Me levantei e caminhei até a cozinha, igualmente admirada com a sua amplitude, mas foi a quantidade de coisas que estavam na geladeira que me deixou maravilhada. Havia ovos, legumes, frutas, iogurte, margarina, queijos e salame, tudo em abundância! "Éramos ricos", pensei.

Ao ouvir o barulho das chaves na porta da frente da casa, corri o mais rápido que pude para o meu quarto e de lá não mais saí, para não os incomodar com a minha presença. Eu tinha que ser uma boa menina, pois, caso contrário, colocaria em risco tudo o que acabara de ganhar. E eu havia ganhado muito!

Quando fui dormir naquela noite, me lembro de ter fechado os meus olhos e, sorrindo, agradecido aos meus pais pelo meu novo lar. Com a inocência peculiar de uma criança da minha idade, acreditei que enfim seria feliz com a minha nova família e que estaria segura, sem sequer imaginar o que a vida ainda me reservava.

- Quatro -

Durante os dois primeiros anos do seu casamento, tia Anne aparentava estar feliz e satisfeita com a união. Não sei ao certo o que ela sentia pelo seu marido, pois raramente deixava transparecer os seus sentimentos, mas acredito que, à sua maneira, ela o amava, do mesmo modo como ela me amava também.

Desde que nos mudamos para Naas, minha tia passou a trabalhar no *pub*, que Patrick havia herdado dos seus pais, assim como a casa em que morávamos, e éramos gratas por não termos mais de nos preocupar com o aluguel, como fizemos tantas outras vezes no passado. Casar-se com Patrick, ao meu ver, tinha sido a melhor coisa que tia Anne tinha feito por nós e eu lhe seria eternamente agradecida por isso.

Durante esse período, as surras e os castigos que minha tia costumava me dar deixaram de ser severos, mas não maldosos. Me lembro com profunda tristeza o dia em que resolvi pedir a sua ajuda para desembaraçar os cachos dos meus longos cabelos, que viviam engruvinhados.

— Fique imóvel — ordenou, nitidamente irritada por eu ter lhe pedido ajuda, saindo em seguida do quarto. Quando retornou, percebi que ela segurava uma tesoura em uma de suas mãos. De maneira brusca, ela endireitou a minha cabeça e, em seguida, ouvi um clique.

— Pronto! - "Que rápido", sussurrei...

Quando me virei para olhar a minha imagem no espelho, fiquei sem ar. O meu cabelo, antes abaixo da altura dos ombros, estava rente à minha orelha. Comecei a chorar copiosamente.

— Pare de chorar, sua imprestável! Isso nos economizará uma boa quantia com xampus e condicionadores! — gritou a tia irritada, enquanto descia as escadas.

Na ocasião, eu tinha apenas nove anos de idade, e aquele ato insensível teve reflexos demasiadamente significativos para a minha já tão baixa autoestima. Me lembro com tristeza que eu era a única menina da minha classe com cabelos curtos. Eu não podia trançar os cabelos, tampouco amarrá-los com um rabo de cavalo, como as outras meninas da minha classe faziam. E isso, é claro, contribuía para que eu parecesse ainda mais esquisita perante os olhos dos meus colegas, como se eu já não fosse esquisita o bastante, para ser excluída dos grupinhos que se formaram, e motivo de chacota entre os seus integrantes. Mas isso, assim como tudo o mais de diferente que acontecia comigo, eu superei.

As estações do ano foram mudando no seu ritmo próprio, assim como o meu corpo. Quando eu completei dez anos de idade, percebi que o meu corpo, tal qual a minha mente, passavam por uma metamorfose.

Internamente eu me debatia dentro do meu casulo, com um esforço hercúleo para dele me libertar e alçar longos voos rumo à liberdade. Todavia, por mais que eu me debatesse, muito faltava para que eu pudesse me libertar. Eu ainda era a pobre menina frágil que mendigava afeto e amor de quem quer que de mim se aproximasse. Lagartas frágeis não se transformam em lindas borboletas.

Fisicamente, a cada ano que passava, eu me assemelhava às feições da minha tia, mas nem de perto eu tinha a sua beleza e o seu charme. Assim como ela, eu era alta e magra, até demais, o que fazia com que eu me movesse de maneira um tanto quanto desengonçada, como diziam os meninos da escola. Os meus cabelos, então curtos, eram ondulados e, assim como os dela, eram avermelhados; minha pele era clara. Os meus olhos eram azuis da cor do céu e, com os passar dos anos, sardas surgiam levemente em meu rosto e pelo meu corpo. Lentamente, eu me tornava uma linda mulher, sem que eu sequer me desse conta disso, o que tornava a minha beleza ainda mais genuína. Mas, na verdade, não havia nada, nada mesmo, em meu corpo que eu admirasse. Muito pelo contrário.

— Olhar-se no espelho não a tornará bonita! — afirmou tia Anne certo dia, enquanto eu explorava o meu novo corpo, agora com curvas e volumes, admirando a minha imagem refletida no espelho.

Ela tinha razão. Aos meus olhos, eu não era bonita, sendo que nem mesmo aquelas mudanças pelas quais o meu corpo estava passando eram capazes de mudar esse fato. Por conta disso, eu me escondia em roupas largas e sem graça, para disfarçar a minha magreza e feiura, e não chamar a atenção.

Patrick, entretanto, não parecia compartilhar da mesma opinião da minha tia, já que volta e meia não poupava elogios às novas curvas que surgiam no meu corpo. Além dos elogios, ele, que antes me ignorava pela casa, passou a se interessar pelos meus estudos, pela minha vida, de um modo geral. E isso, é claro, não passou despercebido à tia Anne, que nos observava sempre a distância.

— Sua vagabunda! Pensa que eu não sei o que está fazendo? — Ela havia me encurralado no corredor, apertado fortemente a minha garganta com uma de suas mãos, enquanto me olhava fixamente. Seus olhos, vermelhos vibrantes, expressavam uma fúria que eu jamais havia visto antes.

— Eu não fiz nada. Eu juro!

— Se vier a se insinuar novamente para o Patrick, eu te mato, Olívia!

Em seguida, para me punir pelo mau comportamento, ela amarrou os meus braços em uma das cadeiras da mesa de jantar, onde permaneci imóvel até o cair da tarde, sem sequer ter ideia do que eu teria feito de tão grave a ponto de merecer tamanho castigo.

De fato, eu havia percebido uma certa mudança no comportamento do Patrick, já que ele andava atencioso e gentil, como no dia em que nos conhecemos no cartório. Mas, aos meus olhos inocentes, esse seu comportamento não tinha segundas intenções, até porque naquela época eu sequer sabia o que isso significava. O fato é que era prazeroso tê-lo por perto e ser o centro de suas atenções. Contudo, para evitar a fúria da tia Anne, eu optei por me afastar do Patrick, passando a evitá-lo pelos cantos da casa.

Ao contrário dos primeiros anos que se seguiram ao casamento da minha tia, em que eu apenas boiava e me deixava levar pela correnteza, nos anos que se seguiram, eu tive de remar, e muito, para sobreviver.

O casamento, que antes parecia caminhar relativamente bem, degringolou. Nas raras ocasiões em que a tia Anne e o Patrick estavam juntos em casa, discutiam por tudo. No início, as brigas se limitavam a xingamentos de parte a parte, mas, depois, começaram as agressões físicas, por parte do Patrick. "Coitada da tia Anne: de agressora, passou a vítima".

Me lembro que certa vez Patrick estava em cima de uma escada, trocando a lâmpada de um cômodo da casa, quanto então escorregou e caiu no chão, como um saco de batatas. Instintivamente, tia Anne, que o ajudava, começou a gargalhar do modo como ele caiu. Foi, de fato, engraçado. Eu também gargalhei. Foi então que, para a minha surpresa, ele se levantou e lhe desferiu um forte soco no rosto, de tal modo que ela, desorientada, caiu no chão, tendo ali permanecido por um bom tempo, sem aceitar a minha ajuda para se levantar.

Aquela foi a primeira de muitas outras surras que a minha tia levou do marido. A sua vida, a partir de então, deixou de ser relativamente tranquila e se tornou um pesadelo, o qual eu fui obrigada a testemunhar diariamente.

Não obstante, Patrick jamais ter levantado a mão para me bater ou faltado com respeito para comigo desde o dia em que ele se casou com a minha tia até o momento em que começou a agredi-la, eu passei a temê-lo, como qualquer criança o temeria depois de presenciar as surras. Ele parecia uma bomba-relógio, que, a qualquer momento, poderia explodir e causar estragos em todo o seu entorno, e eu não queria ser a responsável por detoná-la. Mas tia Anne, em vez de respeitá-lo, volta e meia respondia às suas perguntas de maneira atravessada, o que resultava em bofetadas, puxões de cabelo e pontapés, dependendo do humor do agressor.

Contudo, nem mesmo esse sofrimento pelo qual ela passava foi capaz de nos unir. Ao contrário. No mais das vezes, depois de ser agredida, tia Anne me xingava e me culpava por tudo o que estava acontecendo e depois, como de costume, me colocava de castigo.

— Você é culpada por eu ter essa vida de merda. Se não fosse por você, eu jamais teria me casado com o Patrick — me disse certa vez, após uma de suas surras. Pobre tia Anne, além de ter aberto mão dos seus sonhos profissionais, ainda teve de aguentar um casamento infeliz e abusivo, para me dar uma vida digna.

Os meses foram passando e eu tinha a impressão de que, por mais que eu me esforçasse, nada agradava a minha tia. E a criatividade para os castigos aplicados parecia não ter fim. Quando as suas roupas não estavam devidamente dobradas, ela me arrastava pelo cabelo até o guarda-roupas e me batia com o salto do seu sapato na minha cabeça. Mas eu merecia, isso eu não tinha dúvidas, já que o meu mau comportamento é que motivava aquelas correções. E ela tinha que me ensinar; me educar.

Por mais que esse período tenha sido árduo, eu me adaptei e aceitei o que a vida havia me reservado. Eu ainda carecia de afeto e de amor, não tinha uma figura adulta positiva, tampouco amigos, mas isso não me impedia de envidar todos os meus esforços para suprir tais lacunas. A esperança de que algo melhor estava por vir era a válvula propulsora da minha vida e eu me apegava com todas as forças a ela.

Quando eu completei doze anos, tia Anne passou a ter problemas digestivos graves. Ela se queixava constantemente de sentir fortes dores abdominais e nada que ela comia parava no seu estômago, o que fez com que ficasse desidratada e perdesse muito peso em um curto espaço de tempo. Depois de muito hesitar, ela procurou um GP, que lhe recomendou repouso absoluto e dieta restritiva, afirmando que se tratava de uma virose.

Entretanto, mesmo seguindo à risca a orientação do médico de família, minha tia parecia estar cada vez mais frágil, dia após dia. Em uma segunda consulta realizada com o médico, ele lhe solicitou alguns exames de sangue, que deveriam ser feitos em um hospital em Dublin, os quais eram constantemente adiados, porque tia Anne se sentia debilitada demais para viajar.

Patrick, todavia, parecia ignorar a gravidade da enfermidade que lentamente consumia a sua esposa. Pior, nem mesmo doente, ele deixou de lhe agredir, seja física ou mentalmente. Por se sentir fraca e indisposta, ela se recusava a satisfazer os desejos carnais do seu marido, que, inconformado, lhe esbofeteava e lhe dava pontapés. Pobre tia Anne, ela não merecia sofrer tanto assim.

Com o passar dos dias e o aumento da sua libido, Patrick passou a ameaçar a sua mulher de nos despejar de sua casa, já que para ele nós não tínhamos mais serventia.

— Oras, eu tenho as minhas necessidades! — ele afirmava em alto e bom som, orgulhoso da sua virilidade.

Sempre que possível, eu tentava confortar minha tia após as surras que levava, mas nada que eu dizia ou fazia parecia adiantar. E o seu estado de saúde, antes delicado, caminhava gradativamente para o pior.

Certo dia, supliquei ajuda ao Patrick para levar a sua esposa ao hospital, mas ele se recusou a fazê-lo.

— Você sabe muito bem que eu não posso largar o pub sozinho. Como você acha que eu pago as nossas contas?

— Mas ela está muito doente e precisa de remédios, pois, caso contrário, pode vir a falecer!

— Não sabia que você é médica, Olívia — disse ironicamente, como se houvesse espaço para ironias naquele momento. — Me corrija se eu estiver enganado: pelo que você mesma me disse, o GP que a examinou disse que se trata de uma simples virose e lhe recomendou repouso absoluto e dieta restritiva. E é exatamente isso que ela está fazendo, às minhas custas, é claro, já que me deixou sozinho no *pub*, tendo que fazer não só o meu trabalho, mas o dela também.

Enquanto ele falava, mergulhei em meus devaneios, imaginando que, por mais que não tivéssemos criado um elo afetivo na minha tenra idade, tia Anne era o único parente sanguíneo que eu tinha vivo naquela época, e pensar em perdê-la me assustou sobremaneira.

Quando voltei da escola naquele dia, encontrei minha tia deitada em sua cama, com os olhos vidrados na parede. Assustada, chamei o seu nome e, para o meu alívio, seus olhos se voltaram para os meus. Seus olhos azuis da cor do céu estavam vazios, sem vida, e o seu corpo, antes curvilíneo, havia se reduzido a ossos, sinalizando que a doença a vencia. Com lágrimas rolando em minha face, mais uma vez eu senti dó da minha tia. Depois de tudo o que fez por mim, ela, definitivamente, não mereceria ter um final tão triste assim.

Nos dias que se seguiram, nenhuma melhora se deu na saúde da tia Anne. Ao contrário, estava nítido que a doença a consumia, já que o seu corpo padecia de maneira galopante.

Em uma manhã fria, enquanto eu a trocava após tê-la banhado, ela segurou a minha mão gentilmente. Sua mão estava fria, mas era macia. Foi a primeira vez que ela me tocou de maneira sutil e eu estranhei aquele ato. Eu, então, parei imediatamente o que eu estava fazendo para fitá-la e percebi que lágrimas escorriam dos seus olhos azuis cansados e sem brilho.

— Olívia, eu estou morrendo, sinto isso — sua voz, antes forte e potente, era suave, quase um sussurro. — A cada dia que passa, eu estou mais debilitada, como se o meu corpo estivesse se entregando à doença. Sinto fortes dores em todos os ossos do meu corpo e não tenho mais condições de trabalhar para nos sustentar, tampouco de satisfazer as necessidades sexuais do Patrick — Com a fala pausada, ela tentou se mover, sem sucesso. Respirou, então, fundo e depois continuou. — Acredito que muito em breve ele irá nos despejar dessa casa— Tentei interrompê-la, para convencê-la do contrário, mas os seus olhos me impediram de continuar.

— Eu gostaria de ao menos ter uma morte digna, e não morrer nas ruas, como uma indigente. Você é a minha única salvação. Deite-se com o Patrick e tudo ficará bem — seu rosto me suplicava por ajuda. — Você me deve isso depois de tudo o que eu fiz para você. Não seja ingrata — falou, desviando em seguida o seu olhar para o chão.

E eu, como de costume, obedeci.

Em uma noite fria, ouvi gritos vindos do quarto da minha tia, os quais se imiscuíam com o som do vento forte, que soprava do lado de fora. Eu já sabia o que eu deveria fazer e como fazer. Eu não poderia decepcioná-la, não depois de tudo o que ela havia feito por mim. Bem ou mal, ela me proporcionou um lar, zelou por mim durante todos aqueles anos, abrindo mão dos seus sonhos, da sua liberdade. Os golpes duros da vida haviam me preparado para aquele momento e, estranhamente, eu me senti mais forte do que nunca e determinada a ajudá-la.

Me levantei da cama e caminhei a passos lentos até o quarto do casal. Seus gritos cessaram, mas o ruído do vento não. A porta estava entreaberta, o que me possibilitou de espiar o casal e testemunhar as palavras chulas que Patrick repetia incessantemente para a minha tia, que, com o pouco de vida que ainda lhe restava, apenas o fitava. Ao notar a minha presença, Patrick se calou.

— Vá para o seu quarto, Olívia! — ordenou, com um olhar fulminante. — Isso não é da sua conta!

Mas eu não podia recuar naquele momento; não podia desistir, afinal, era o mínimo que eu devia à minha tia.

Ainda parada na porta do quarto, fechei os meus olhos e tirei lentamente a minha camisola, enquanto Patrick me observava embasbacado, sem entender o que aquele meu gesto significava. Foi então que, sorrindo, ele compreendeu.

— Venha para o meu quarto — disse, friamente e sem qualquer pudor, selando para todo o sempre o meu destino com aquele meu ato.

Sorrindo, Patrick empurrou o magro e pálido corpo da minha tia para o outro lado da cama, levantando-se em seguida, para me seguir até o quarto. Cada passo dado tornava a volta impraticável. Já deitada na minha cama, Patrick, ainda de pé, passou a mão no meu rosto, deslizando-a até os meus cabelos longos.

— Isso é ainda melhor... — ele tinha o controle da situação, o que parecia deixá-lo ainda mais excitado.

Eu nunca havia sido beijada, muito menos feito sexo antes, até porque, naquela época, eu tinha apenas doze anos de idade. Mas eu não estava com medo. Eu sabia que era algo que tinha que ser feito, assim como beber água da privada por não tê-la limpado corretamente, não havendo, portanto, espaços para lamúrias ou elucubrações. Eu devia isso à tia Anne e prometi que o faria, a que preço fosse, como forma de retribuir a liberdade que lhe fora tolhida e os seus sonhos que foram deixados de lado para cuidar de mim.

Me olhando fixamente nos olhos, Patrick puxou o meu corpo abruptamente para junto de si, acariciando as minhas coxas, em um vai e vem frenético.

— Você tem sorte de ter um homem experiente como eu para te ensinar o que é um bom sexo! — Sorte? Eu nunca tive sorte na vida e isso não era, nem de perto, o que eu pensava naquele tenso momento.

Patrick, então, começou a beijar os meus seios, gemendo e sussurrando a cada beijo e lambida que dava. Nas vezes em que tentei me desvencilhar daquela situação, ele segurava fortemente as minhas mãos e o resto do meu corpo com os seus joelhos, tornando qualquer tentativa de fuga impossível.

— Calma, querida. O tio Patrick está apenas começando...

Violentamente, ele rasgou a minha calcinha puída e separou as minhas coxas com uma de suas mãos. Eu lhe suplicava para parar, mas em vão, pois nada do que eu dissesse parecia lhe importar. Pelo contrário, as minhas súplicas pareciam excitá-lo ainda mais. Foi então que ele me penetrou de maneira abrupta. Senti uma dor dilacerante, que logo foi se esvaecendo com o vai e vem sincronizado do seu corpo.

Não me lembro quanto tempo o ato em si durou, mas me pareceu uma eternidade. Tentei novamente me mover, tirá-lo de cima de mim, mas os meus esforços eram coibidos pelo Patrick, que parecia estar possuído, tamanho excitamento. Ele era muito mais forte do que eu e estava no comando da situação, ditando as suas regras, às quais eu tinha de me submeter, pois, caso contrário, eu decepcionaria a minha tia. E isso estava fora de cogitação.

Quando, enfim, Patrick se deu por satisfeito, ele se levantou e, com um leve tapa no meu rosto, disse que eu era uma boa menina e que aquele seria o nosso segredo. "Mais um, entre tantos que eu já carregava", pensei.

Patrick, então, saiu do quarto, me deixando deitada imóvel na cama, tentando absorver cada detalhe de tudo o que havia acontecido, consciente de que aquele ato era um divisor de águas da infância para a vida adulta. Naquela noite, eu me tornei mulher, mas isso era irrelevante, pois o que importava mesmo, acima de qualquer coisa, é que eu havia honrado a promessa que eu havia feito à tia Anne, de que ela teria uma morte digna.

Ainda sem me mexer, notei que uma secreção saía da minha vagina. Era sangue! Limpei o sangue vermelho vívido com o lençol que estava sobre a cama, pouco importando se eu estava ferida ou algo do tipo. Nada mudaria o que aconteceu e tornaria os fatos menos doloridos.

Senti uma necessidade premente de me banhar e tirar todo e qualquer resquício do cheiro e do gosto do Patrick que porventura ainda estivessem impregnados em meu corpo. Eu me sentia imunda e com nojo de mim mesma, e acreditei que esses sentimentos escoariam pelo ralo do banheiro, caso eu viesse a me banhar.

Na ponta dos pés, rumei em direção ao banheiro, mas, ao ouvir a voz do Patrick no corredor, os batimentos cardíacos acelerados do meu coração me fizeram recuar. Era melhor ficar onde eu estava mesmo, sem que a minha presença lhe chamasse a atenção.

De volta ao quarto, senti uma súbita dor no peito e falta de ar, abri a janela e deixei a brisa noturna tocar o meu rosto, me acalentando. Enquanto lágrimas brotavam em meus olhos, como de costume, os fixei nas árvores plantadas em frente à casa. O vento forte uivava e balançava os seus galhos secos, de um lado para o outro, com a autoridade de quem anuncia a chegada do inverno. Notei que nem todas as folhas que estavam nas árvores haviam deixado os seus galhos, mas apenas aquelas que estavam prontas a tanto. Assim como as poucas folhas restantes nas árvores, eu também não estava preparada para cair. Eu ainda estava presa ao meu tronco.

– Cinco –

Meus olhos estavam pesados; tive dificuldade em abri-los. Olhei ao meu entorno e notei que eu estava em um lugar escuro e apertado. Tentei me levantar, mas não havia espaço para me mexer. Eu estava em uma espécie de caixão ou qualquer coisa que o valha. Por mais que eu tentasse, não conseguia mover os meus braços, sendo que, a cada movimento que eu fazia, uma fina terra caía sobre o meu corpo. Faltou-me ar, e as batidas do meu coração aceleraram de tal maneira que eu tive de me conter, para não enfartar.

Coloquei a minha mão direita dentro do bolso da minha calça, em busca de algum objeto que pudesse me ajudar a escapar daquele lugar capsulado, mas nada encontrei. Tentei novamente no bolso esquerdo e, por sorte, encontrei o meu celular. Mesmo naquele local onde eu estava, onde quer que fosse, o aparelho indicava que estava com sinal. Desesperada e aterrorizada, disquei para o número da única pessoa que poderia me socorrer: tia Anne. Ela atendeu a minha ligação, mas, ao ouvir a minha súplica por ajuda, gargalhou, se negando a fazê-lo.

— Por que eu deveria libertá-la se foi eu mesma quem a enterrou viva? Quem mandou ser malcriada? — falou minha tia, em tom de descaso.

E, dito isso, a ligação se encerrou. Eu não conseguia respirar, por mais que eu puxasse o ar para dentro dos meus pulmões, nada vinha. A passos de bebê, fui me acalmando; aceitando o meu destino, até porque, pensei, morrer não era uma opção ruim, pois eu me libertaria daquela vida cretina que eu levava, de injustiças e sem amor. Aquele era o meu fim e eu tinha que aceitar.

Revirando de um lado para o outro da cama, acordei suada e assustada de um dos meus piores pesadelos, mas aliviada por ter se tratado de apenas um sonho. Não era a primeira vez que eu tinha um sonho aflitivo, mas aquele havia superado e muito o terror experimentado nos pesadelos anteriores.

Ainda sonolenta, olhei para a janela onde um corvo emitia os seus sons característicos. Eu havia esquecido de fechar a cortina na noite anterior e parcos raios de sol que se aventuravam a sair naquela estação do ano entravam timidamente pela fresta da janela.

Foi então que me lembrei dos acontecimentos da noite anterior, em que eu tive de me entregar a Patrick e me tornar mulher. Aquilo sim era um pesadelo, disse para mim mesma.

Na verdade, aquela foi a primeira de muitas outras noites em que Patrick apareceu no meu quarto e me possuiu sem escrúpulos, mas nenhuma delas me marcou tanto como a primeira vez, devo admitir. Me lembro com riqueza de detalhes de alguns abusos que sofri, mas confesso que não de todos. Muito provavelmente por conta do tal bloqueio de memória, que volta e meia me acontecia, para me proteger.

Durante os meses que antecederam a sua morte, tia Anne permaneceu acamada e pouco se comunicava. Como era de se esperar, jamais conversamos sobre os abusos cometido pelo Patrick. A bem da verdade, não conservamos sobre nada. Ela estava cada vez mais doente, de corpo e alma, e o seu marido, num gesto frio e egoísta, ordenou que ela se mudasse para o meu quarto, pois se dizia incomodado com o seu cheiro e com a sua aparência. Pobre tia Anne.

Quando eu não estava na escola, estava em casa, cuidando da minha tia e me dedicando aos afazeres domésticos. Eu a banhava, a trocava e a alimentava e, quando ela dormia, eu acariciava os seus cabelos e cantarolava cantigas infantis de ninar, para acalmá-la. Ela parecia tranquila com a iminência da sua morte. Segundo me disse, não estava com medo, mas sim ansiosa, pois a morte lhe traria paz, um sentimento que tanto buscou durante a sua vida. Naquela ocasião, confesso que senti inveja da tia Anne, pois a morte também me traria paz e, o melhor de tudo, me levaria para junto dos meus pais, onde, enfim, eu seria amada e protegida.

Minha tia morreu em pleno inverno rigoroso. Somente eu e Patrick comparecemos ao seu velório e enterro, mas nenhum de nós chorou. Tampouco trajei uma peça de roupa preta ou levei flores. Hoje, pensando melhor sobre o assunto, acho que errei, mas eu era muito nova para saber ao certo como agir e não tinha que pudesse me orientar naquela ocasião.

Enquanto o seu caixão descia lentamente ao seu destino, eu pensava em como a sua vida tinha sido em vão e triste, mas nem mesmo assim lágrimas brotaram em meus olhos.

"Descanse em paz, tia Anne. Quando encontrar os meus pais, diga, por favor, que os amo e que ficarei bem sozinha", sussurrei.

Quando, enfim, a terra cobriu o caixão, eu me dei conta de que, à exceção do Patrick, eu não tinha mais ninguém com quem contar na vida, e que eu não fazia ideia de como ela seria a partir de então.

- Seis -

Pouco depois da morte da tia Anne, Patrick me obrigou a trabalhar como garçonete no pub, o que eu fazia todos os dias depois da escola. Eu tinha acabado de completar treze anos de idade e achei a ideia atraente, pois teria a oportunidade de me relacionar com outras pessoas, ainda que superficialmente, e ocupar o meu tempo ocioso, me livrando, assim, dos maus pensamentos que andavam me visitando ultimamente.

Mesmo sendo irlandesa, por mais incrível que fosse, eu nunca tinha estado num pub antes, muito menos no dele. Antes de se casar, minha tia dizia que não tínhamos condições de pagar os preços exorbitantes das refeições cobradas nesse tipo de estabelecimento e, por isso, não o frequentávamos.

Ao chegarmos no local, notei que na fachada do bar estava escrito o sobrenome do Patrick em letras garrafais – Ó'Neills – e, estranhamente, fui imbuída por um sentimento de orgulho, pois, quer queira quer não, eu passei a fazer parte daquela família.

Seus pais inauguraram o restaurante há mais de cinquenta anos e, desde então, se tornou uma atração turística para qualquer um que visite a cidade de Naas, bem como um lugar de diversão e passeio para as famílias locais.

O interior do bar, assim como a sua fachada, era imponente e revelava um pouco da sua história. O ambiente, apesar de escuro, era acolhedor. Caminhamos em um estreito corredor que, como num passe de mágica, nos levou à um amplo salão escuro e esfumaçado. Notei que havia apenas iluminação pontual no balcão de bebidas, através de pendentes, deixando o ambiente bastante intimista. "Então era assim o interior de um pub", concluí.

Toda a mobília do bar era feita de madeira escura e maciça, e havia sofás e mesas aleatoriamente espalhados pelo salão. Anexo ao balcão de bebidas, havia diversas banquetas com estofados na cor vermelho carmim, estrategicamente posicionadas para melhor acomodar os visitantes solitários e ávidos por uma *pint*. Espalhados por todas as paredes do bar podiam se notar inúmeras propagandas das mais variadas e tradicionais marcas de cerveja e cidras irlandesas. E, pelas paredes, televisores passavam jogos de futebol gaélico e *hurling*, os quais os homens que ali estavam pareciam estar hipnotizados com o vai e vem das bolas lançadas, vibrando a cada lance.

Ao adentrarmos na cozinha do pub, Patrick me apresentou aos demais empregados do bar e, ao me entregar um avental, me explicou resumidamente como eu deveria executar o meu trabalho. Enquanto ele falava, eu não conseguia conter o meu sorriso.

— Disse algo engraçado? — ele pareceu irritado.
— De modo algum. Me desculpe. Estou feliz, só isso!
— Você não será remunerada pelo trabalho. Então, pode tirar esse sorriso do rosto. É o mínimo que você pode fazer, para amenizar o prejuízo que me dá por morar e comer de graça.

Quando lhe perguntei sobre as gorjetas, para a minha surpresa, ele disse que eu poderia guardá-las. "Já é alguma coisa...", pensei comigo mesma.

O meu trabalho era bastante cansativo, afinal eu tinha apenas treze anos de idade, e não foram raras as vezes em que cheguei em casa de madrugada, depois de uma exaustiva jornada de trabalho, e ainda tive de limpá-la, além de estudar para as provas da escola do dia seguinte. Isso sem falar nos finais de semana em que eu trabalhava *full time*. Mas, ainda assim, o trabalho era gratificante. Eu me sentia útil, produtiva e motivada, pela primeira vez, já que nunca tinha trabalhado antes - tia Anne jamais me obrigara a isso, o que devo lhe dar um crédito.

Eu anotava todos os pedidos, sem cometer erros, e, quando me pediam uma sugestão de prato, era o meu momento de brilhar, já que ninguém havia levado em conta a minha opinião antes.

Servindo as mesas, eu tive contato os mais diversos tipos de pessoas, das mais variadas idades e culturas. Volta e meia eu me deparava com um cliente que, assim como eu, não tinha ninguém para conversar. No mais das vezes, eram pessoas mais velhas, que careciam de companhia, e, no pouco tempo livre que me sobrava, eu lhes dava toda a atenção que mereciam. E assim nos completávamos, como pão e manteiga.

Sempre que possível, eu participava — como telespectadora, é claro — das confraternizações e das festas de aniversários que eram realizadas no bar. Era inebriante observar a alegria dos aniversariantes quando o bolo com as velas acesas se aproximava. Eu nunca tive uma festa de aniversário, tampouco um bolo. A tia Anne sempre dizia que não havia motivo para comemorações, e eu acreditei. Também não comemorávamos as demais festas tradicionais, como Natal, Réveillon, Páscoa etc. A bem da verdade, não celebrávamos absolutamente nada, apenas nos conformávamos e seguíamos em frente, remando, para sobreviver.

Os finais de semana no pub eram os mais divertidos. Havia música ao vivo, e, a cada final de semana, uma banda diferente tocava no local, o que me possibilitou ter contato com os mais variados estilos musicais e perceber que o que mais me agradava era o rock. Trabalhar nos finais de semana também tinha uma outra vantagem: eu recebia generosas gorjetas, as quais eu guardava em segredo em uma pequena latinha de biscoitos amanteigados, que eu havia ganho de uma doce senhora de idade, assídua frequentadora do bar.

Vez ou outra, Patrick me perguntava onde eu gastava o dinheiro das gorjetas, e eu mentia dizendo que eu o destinava à compra de roupas e calçados, bem como material escolar. Como eu continuava comprando as minhas roupas nas lojas de caridade espalhadas pela cidade, conseguia poupar boa parte do dinheiro que ganhava. Eu ainda não havia feito planos, mas sabia que poupar iria me beneficiar de algum modo no futuro.

Eu amava trabalhar no pub, pois era o único lugar em que eu podia sorrir sem ser recriminada e conversar, ainda que sobre amenidades, com as mais variadas pessoas, sem me sentir culpada por estar me relacionando. Era um local em que eu podia compartilhar das alegrias dos frequentadores, sorrir de suas graças e até mesmo arriscar uns tímidos passos de dança ao som da banda que se apresentava na casa, enquanto servia as mesas.

Me lembro que na época eu tinha a nítida sensação de que tinha vidas paralelas, pois, no pub, eu era uma garçonete atenta e gentil e, em casa, uma empregada atarefada e uma verdadeira cortesã. Já na escola, nada mudou. Eu ainda era a menina esquisita, que, apesar de boa aluna, vivia em seu casulo, se debatendo arduamente para sair, mesmo ciente de que ainda não estava pronta para a metamorfose.

No trabalho, Patrick era uma pessoa atenciosa e raramente me faltava com respeito na frente dos demais empregados do pub. Mas em casa, ele tinha um comportamento diametralmente oposto. A par dos abusos sexuais, ele passou a me humilhar e a me bater, como costumava fazer com a minha tia. E, quase sempre após as agressões, ele se justificava, dizendo que se tratava de uma represália pelas minhas malcriações, mas eu, sinceramente, não me lembro de lhe ter respondido uma vez sequer.

Certa vez, ele foi me buscar na escola, porque precisava de alguém para cobrir o turno de uma das garçonetes que tinha faltado ao trabalho. Quando o vi na porta do prédio, estremeci, pois não era algo comum. Ao me ver despedindo de uma colega, notei que o seu semblante mudou, o que fez com que o meu coração acelerasse.

— O que você estava dizendo para aquela menina?

— Nada. Eu só estava me despedindo — minha voz saiu como um sussurro, tamanho o medo que eu estava de que ele me batesse na frente dos meus colegas da escola.

— Se eu souber que você anda contando o nosso segredo para quem quer que seja, você vai levar uma surra tão grande, que não será capaz nem de andar depois, sem se falar que terá de procurar outro lugar para morar.

— Não se preocupe, eu não tenho amigas na escola e jamais direi nada sobre a nossa vida, a quem quer que seja.

— Melhor assim. Digo isso para o seu próprio bem.

Natais e réveillons vinham e iam, sem que eu me desse conta, e as únicas lembranças que eu tenho desse período são as dos abusos físicos e mentais que eu sofria do Patrick, que, por passarem a ser rotineiros, acabei me acostumando. Já no trabalho, com o passar do tempo, deixei gradativamente de ser repreendida e uma vez ou outra fui até elogiada por ele, ao seu modo, é claro.

"Até que você não é tão imprestável quanto a Anne dizia que era".

Como os estudos, as tarefas do lar e o trabalho no pub me mantinham bastante ocupada, eu não tinha tempo para lamúrias, tampouco para refletir sobre o tipo de vida que eu estava levando. Por mais contraditório que isso poderia soar, eu me sentia grata ao Patrick, pois era a única pessoa que, de certa forma, fazia algo por mim, que cuidava de mim, ainda que do seu jeito. Eu só tinha o Patrick e mais ninguém e, por isso, tinha que ser grata a ele.

Durante a minha adolescência, comecei a notar novas mudanças no meu corpo. Não foram raras as vezes em que me peguei apreciando as novas curvas que se formavam e sentindo prazer com o toque dos meus dedos quentes sobre os meus seios.

Ao contrário dos anos anteriores, eu me sentia bonita e desejável e esses sentimentos se potencializavam quando Patrick vinha me visitar à noite. Em algumas ocasiões eu me peguei escolhendo uma lingerie ou até mesmo arrumando o meu cabelo, antes de com ele me deitar. E, quando isso acontecia, eu logo me sentia culpada, por agir dessa forma e até mesmo por sentir prazer durante o ato sexual.

No período da adolescência, não posso dizer que algo muito importante ou diferente da rotina que eu já experimentava na infância tenha me marcado, a não ser o fato de um certo menino ter despertado o meu interesse.

O seu nome era Sean Foley, e ele era o líder vocal de uma banda universitária de pop rock, que volta e meia se apresentava no pub. Logo que o vi pela primeira vez, a atração foi instantânea. Sua aparência primitiva fez com que eu o olhasse fixamente durante longos minutos, que pareceram uma eternidade para mim. Seus cabelos castanhos claros e ondulados, na altura dos ombros, e sua barba por fazer, não obstante fosse verão, eram características que contradiziam com a sua voz rouca e doce. Os seus olhos, castanhos amendoados, eram vibrantes e cheios de vida e pareciam esconder segredos que eu queria desvendar.

Não me recordo bem ao certo qual era a melodia que ele contava no dia em que eu o conheci, mas me lembro como se fosse hoje de ter deixado o meu corpo me guiar com a melodia da sua voz, como se ele fosse um encantador de cobras e eu uma serpente.

Esse meu interesse, entretanto, era recíproco, já que, no primeiro intervalo da banda, o rapaz se aproximou e se apresentou sem nenhum sinal de timidez. E não demorou muito para eu perceber ele era agradável e extremamente engraçado e, ainda que uma pequena fração de tempo, ao seu lado eu estava feliz.

— Vejo que você conheceu a minha sobrinha Olívia.

Levei um susto. Distraída com a agradável conversa, eu havia e esquecido do Patrick e das consequências que qualquer contato daquele tipo poderia me causar. Então, recuei.

— Sobrinha? Na verdade, acabamos de nos conhecer — Sean se virou para mim e sorriu, como se o fato de eu ser a sobrinha do dono do pub fosse algo positivo. "Quem me dera que fosse assim", pensei.

— A mesa sete está pronta para fazer o pedido — me disse Patrick, com o olhar intimidador de costume.

Como era de se esperar, nunca mais a banda do Sean tocou no pub do meu tio, mas acredito que tenha sido melhor assim. Minha vida naquela época não tinha espaços para paqueras, muito menos para namoricos com adolescentes.

– Sete –

Quando eu completei vinte e dois anos de idade, descobri que estava grávida. Hoje, pensando sobre essa época, acredito que demorou para isso acontecer, já que eu vinha sendo abusada desde os doze anos de idade.

Num primeiro momento, eu entrei em pânico, como qualquer outra pessoa entraria na minha situação. Eu acreditava que não era capaz de cuidar de mim mesma, muito menos de um bebê fruto de uma relação abusiva. Contudo, depois de muito refletir, optei por levar a gravidez a cabo, porque uma criança seria uma forma de eu encontrar o amor e o elo afetivo que eu tanto procurava. Eu precisava desesperadamente de alguém, como o fogo necessita do oxigênio para queimar.

Todavia, para não pôr em risco o meu plano, eu teria de manter a gravidez em segredo, pois, caso a revelasse ao Patrick, ele certamente me obrigaria a abortar, e isso seria uma culpa pesada demais para eu carregar.

Apesar dos vômitos matinais e do fato de que nada do que eu comia parava no meu estômago, posso afirmar que os primeiros três meses da gravidez transcorreram relativamente bem. Quando da barriga começou a apontar, tratei de usar roupas mais largas para escondê-la, e assim o tempo foi passando sem que eu me desse conta.

Certa vez, durante o sexo, Patrick disse que eu deveria fazer uma dieta, já que eu nitidamente havia engordado.

"Não gosto de mulheres gordas. Trate de emagrecer!"

Eu sabia que não conseguiria esconder por muito mais tempo a minha gravidez e, por isso, fugir era a minha única opção. Desde o meu primeiro dia de trabalho, eu havia juntado as gorjetas que ganhei no pub e julguei que a quantia que tinha poupado seria suficiente para deixar a cidade e começar uma nova vida com o bebê. Eu só precisava de um plano de fuga. E foi exatamente isso que eu fiz.

No dia em que eu havia planejado ser o meu último dia no pub, uma senhora chamada Nora, assídua frequentadora do bar e com quem eu sempre mantive um bom relacionamento, me chamou para conversar. Achei que seria mais uma das inúmeras vezes em que jogaríamos conversa fora, mas eu estava enganada. Nora me surpreendeu.

— Querida, me desculpe se estou sendo invasiva, mas tenho que perguntar: você está grávida? — sussurrou a senhora, com um tom de voz maternal. Surpreendida pela pergunta, desviei o meu olhar para o chão e tentei controlar o tiritar das minhas mãos. Estaria a minha gravidez tão óbvia assim? Atônita, eu não tinha ideia do que eu deveria lhe responder. O seu olhar doce, no entanto, me fez dizer a verdade.

— Sim, mas, por favor, não conte para ninguém. Eu lhe imploro. Ninguém sabe — meus olhos tristes e aflitos confirmavam as minhas palavras.

— Nem mesmo o pai da criança?

— Não. Muito menos ele — falei, desviando o meu olhar novamente para o chão.

— Entendo. Querida, estar grávida é uma benção divina. O nascimento de uma criança é a única oportunidade que a vida nos dá de presenciar um milagre. Quando eu fecho os meus olhos, me lembro como se fosse hoje de cada detalhe do dia em que os meus filhos nasceram. Lembro-me do cheiro da sala de parto, do rosto das pessoas que ali estavam e de cada burburinho no local, em especial do som do seu primeiro choro. Portanto, não se sinta culpada, mas sim abençoada.

"Abençoada? Então era assim que eu deveria me sentir? E não culpada, como eu estava me sentindo desde a confirmação da gravidez e da decisão de levá-la adiante?". Suas palavras ecoaram em minha mente durante horas, até o momento em que eu percebi que, de fato, eu estava sendo agraciada pela vida e não desgraçada. Sorri.

Horas se passaram até que Nora, que ainda estava no pub, novamente me chamou. Ao se despedir, ela me entregou um envelope e ordenou para que o abrisse somente quando eu estivesse sozinha. Peguei o envelope e o escondi na alça do meu sutiã. Deveria ser algo importante, haja vista a recomendação que ela me dera, e não queria que ninguém o visse, muito menos o Patrick.

Ao terminar o meu turno naquele dia, voltei para casa, para arrumar as poucas coisas que eu tinha e esperar o momento exato de fugir, sem que Patrick notasse. Eu ainda não havia decidido para onde iria, mas sabia que tinha que ser para um lugar bem distante daquela cidade, onde eu apenas sofri.

Quando enfim terminei de colocar os meus parcos pertences em uma pequena sacola, me lembrei do envelope que a doce senhora havia me dado e resolvi abri-lo, depois de me certificar que Patrick não estava por perto. Dentro, havia diversas notas de cem euros reluzentes, de tão novas. Com o coração acelerado, fechei rapidamente o envelope sorrindo, sem sequer contar o quanto tinha, mas, pelo volume, pude perceber que era muito. "Havia pessoas boas no mundo", conclui, "e Nora certamente era uma delas".

Fosse qual fosse a quantia dada pela bondosa senhora, se somada àquela que eu havia guardado durante anos, fruto do meu trabalho, eu poderia ter um início de vida mais digno do que aquele que eu havia imaginado. E, pela segunda vez em um curto espaço de tempo, percebi que eu havia sido abençoada.

Quando as luzes do quarto do Patrick se apagaram, eu me levantei da minha cama e, na ponta dos dedos dos pés, peguei a minha sacola e me dirigi até a janela, que eu havia deixado entreaberta. Cuidadosamente, fui caminhando pelo telhado da casa até atingir um galho robusto de uma árvore rente à parede. Pulando de galho em galho, como um macaco, fui me movendo até atingir a superfície. Ao tocar o solo com os pés, fiquei embriagada com a sensação de liberdade que senti. Eu não fazia ideia de como seria a minha vida a partir de então, mas uma coisa eu estava certa: não tinha como ela ser pior do que a que eu estava abandonando. Foi então que eu ouvi uma voz:

— Está fugindo, Olívia? — era o Patrick! E, a partir de então, os tijolos do meu castelo de sonhos começaram a ruir, um a um.

Uma descarga de adrenalina fez com que eu ficasse estagnada. Eu poderia ter corrido ou até mesmo gritado por socorro, mas eu nada fiz. Em seguida, senti uma dor dilacerante na barriga, por conta de um chute que levei. Meu bebê, eu só pensava no filho que eu carregava no ventre. Coloquei as minhas mãos em frente à barriga, na tentativa de protegê-lo, mas era em vão. O segundo chute foi ainda mais forte.

— O bebê. Por favor, não machuque o meu bebê! — dito isso, eu simplesmente apaguei.

- Oito -

Abri lentamente os meus olhos, que arderam ao fitar as luzes fluorescentes no teto do cômodo. Senti um gosto amargo de ferro na minha boca; "era sangue", pensei. Com os olhos entreabertos, olhei o meu entorno e notei que estava num quarto de hospital.

Um cheiro forte me fez querer levantar subitamente da cama, mas fui impedida pelo acesso que estava em minha veia no braço direito. Tentei retirá-lo, mas a dor que senti me fez recuar. Levei lentamente a minha mão esquerda em direção ao meu rosto e percebi que ele estava enfaixado. A sensação de náusea, então, me fez deitar novamente a minha cabeça no travesseiro e respirar fundo.

Foi então que uma senhora de idade, de estatura mediana e seios fartos, vestida em um uniforme branco impecavelmente passado, se aproximou da cama em que eu estava deitada.

— Olha só quem acordou! Me chamo Dara e sou a enfermeira responsável por esta ala do hospital. Como você está se sentindo?

— Tonta e nauseada.

— Conforme os dias vão passando, você irá se sentir melhor.

— Como eu vim parar aqui? — por mais que eu me esforçasse, não conseguia me lembrar do que acontecera depois das primeiras agressões que sofri, tampouco como eu havia ido parar no hospital.

— Você foi encontrada na madrugada de ontem, desacordada em uma rua próxima à saída para a rodovia M7.

Estava gravemente ferida, e, por isso, a boa alma que a encontrou lhe trouxe diretamente para o hospital. Você teve sorte, menina!

"Sorte? Sorte é algo que eu nunca tive na vida, a não ser quando...". Foi então que eu me dei conta.

— O meu bebê! Está tudo bem com o meu bebê? — indaguei já aos prantos, pois me lembrei dos chutes e pontapés que levei na barriga. Dara, então, desviou o seu olhar para o chão.

— Infelizmente, o bebê não sobreviveu às agressões. Você sofreu um aborto, mas está se recuperando bem. Em breve, o médico que a atendeu irá lhe explicar o seu quadro clínico. Enquanto isso, tem algo que eu possa fazer ou alguém que você gostaria que eu avisasse que está aqui?

— Não, eu não tenho ninguém.

— Certo. Olívia, além da curetagem, você passou por uma cirurgia plástica de reconstrução do maxilar e do nariz, que, pelo que soube, foi um sucesso! — disse Dara, animada.

— Não me importo...

De fato, eu não me importava. Com os olhos sem vida, carregados da tristeza acumulada desde a tenra idade, olhei para a enfermeira.

Patrick tinha desfigurado o meu rosto com a série de chutes que havia me dado. Acredito piamente que era essa a sua intenção: destruí-lo por completo, para não mais precisar encará-lo. Mas isso era irrelevante naquele momento, já que não era só a minha face que estava desfigurada, meu coração também estava.

— Não se preocupe, você está em boas mãos. Os médicos daqui do hospital são gabaritados e trabalharam duro na sua cirurgia de plástica facial. Tudo voltará a ser como antes. Se precisar de algo, me chame.

"Não! Nada poderia voltar a ser como antes". Eu preferiria morrer a voltar para a vida que eu tinha.

Ao ver o meu olhar aterrorizado e triste, Dara passou a sua mão em meus cabelos, acariciando os cachos com ternura. O seu esforço de tentar me confortar, todavia, foi em vão. Era impossível emendar um coração estilhaçado e consertar uma vida destruída desde o nascimento. Fechei os olhos lentamente e, recolhida em minha dor, voltei a dormir. Na verdade, eu queria mesmo é morrer.

Alguns dias se passaram desde a minha internação e eu pude constatar uma melhora significativa na minha saúde. Eu já não me sentia tão fraca, tampouco zonza ou nauseada ao me levantar. Dara trocava diariamente os curativos da minha face e dizia estar satisfeita com o resultado, ainda que o processo fosse lento. Eu também recebia a visita diária tanto do cirurgião plástico como do obstetra, que relatavam que eu estava respondendo bem às cirurgias e aos medicamentos. Pelo visto, o meu corpo lutava pela minha vida, enquanto a minha mente ansiava pela minha morte.

Era, então, chegada a hora de retirar as ataduras e curativos do meu rosto e conferir o resultado da cirurgia plástica. Dara me ajudou a me sentar e arrumou algumas mechas do meu cabelo que estavam desalinhadas. Em seguida, o Doutor Callaghan, com um estetoscópio pendurado em seu pescoço, se aproximou sorridente.

— Olá, Olívia, como você está se sentindo hoje?

— Ainda com dores, Doutor — disse desanimada, colocando as mãos em meu rosto.

— As dores, infelizmente, são inevitáveis nesse tipo de cirurgia, mas a tendência é que elas se tornem cada vez mais brandas com o passar dos dias. De qualquer modo, vou lhe prescrever um remédio mais forte para amenizá-la.

— Obrigada, Doutor.

O médico, então, se aproximou do meu corpo. A proximidade era tamanha, que eu pude sentir e ouvir a sua respiração. Lentamente, ele foi retirando as ataduras e os curativos do meu rosto, analisando atentamente cada local que se descobria.

— Estou bastante satisfeito com o resultado. A bem da verdade, ele superou as minhas expectativas. A partir de hoje, não será mais necessário o uso da atadura. Manteremos apenas a medicação e os curativos, que deverão ser trocados diariamente — ordenou à Dara.

Em seguida, o Dr. Callaghan me entregou um espelho, o qual peguei, mas sem coragem para fitá-lo. Por mais que eu não me importasse com a minha aparência naquele momento, ver o meu rosto me faria relembrar das agressões sofridas na noite da fuga e, pior, a perda do bebê. Eu iria mexer no lodo que estava no fundo do mar, fazendo com que toda a sujeira viesse novamente à superfície e eu achei que ainda não estava forte o suficiente para isso.

Ao ver que eu hesitava, o médico fez um gesto de incentivo, que me deu coragem para continuar. Ainda em silêncio, levantei o espelho em direção ao meu rosto e o que eu vi era reflexo do meu coração: destruído e sem vida. Nada de novo, portanto.

Notei que no lado esquerdo do meu rosto havia uma leve cicatriz, bem como outra pequena no canto direto da testa, as quais me acompanhariam para o resto da minha vida, como um gado marcado com brasa pelo seu dono. Lentamente, deslizei os dedos para o nariz, que, mesmo muito inchado, pareceu um pouco mais empinado do que antes, mas não o bastante para eu estranhá-lo. Já os olhos, eles permaneciam os mesmos, vazios e tristes, até porque, infelizmente, isso não se muda com uma cirurgia plástica.

Tanto Dara quanto o médico observavam atentamente as minhas reações em um silêncio absoluto, a ponto de se poder ouvir as suas respirações. Desviei o meu olhar para o de Dara, entregando-a, em seguida, o espelho.

— O seu rosto ainda está inchado e com hematomas, mas ambos desaparecerão com o tempo. Quero que saiba que conseguimos preservar as feições anteriores, para que o resultado fosse o menos traumático possível para você — disse o Doutor Callaghan calmamente, e eu apenas concordei.

— Você terá alta em quinze dias. Poderá, enfim, voltar às suas atividades habituais. Virei visitá-la amanhã novamente, mas, se precisar de mim até lá, peça à enfermeira Dara para me chamar — disse o médico, afastando-se da cama em seguida. Apenas Dara permaneceu.

— Vou deixá-la só. A sua cabecinha tem muita informação para processar depois de tudo o que viu. Se precisar de mim, basta me chamar. Estarei por perto.

— Obrigada.

O resto do dia passou sem que eu me desse conta. Durante horas, fiquei imóvel, olhando fixamente para a parede branca do quarto. Eu procurava uma razão para ter sobrevivido às agressões e, por mais que me esforçasse, eu não a encontrava. "O que a vida ainda me reservava? O que mais estava por vir? Oras, eu já não teria sofrido o bastante?". Perdida em meus anseios e nas minhas revoltas, peguei no sono, para a minha sorte. Dormir, naquele momento, era a única forma de eu esquecer da vida miserável que eu tinha.

— Acorde, querida. Você tem visita — Dara estava em pé do lado esquerdo da cama, me olhando com o seu olhar doce de costume. "Visita? Mas quem seria? Patrick... só poderia ser ele!". As batidas do meu coração aceleraram de tal maneira, que parecia que eu iria enfartar naquele momento e tive a nítida sensação de que eu iria vomitar a qualquer momento. Eu tinha que fugir antes dele me encontrar. Tentei me levantar o mais rápido que pude da cama, mas a enfermeira me impediu. Meus olhos lhe suplicaram por ajuda. Não era justo, depois de tudo o que eu havia passado, ainda ter de enfrentar o meu agressor. "Mas quando a vida havia sido justa comigo?". Em silêncio, apenas fechei os meus olhos e, deixando as lágrimas que dele brotavam molharem a minha face, aceitei novamente o que o destino havia me reservado. Um homem, então, se aproximou.

— Olívia, esse é o Adam O'Brien, o homem que a encontrou desacordada na saída da rodovia e a trouxe para o hospital. Desde que você chegou, não teve um só dia que essa bondosa alma não veio saber sobre o seu estado de saúde.

"Então não era o Patrick, mas sim o tal Adam". Aliviada, abri os meus olhos e olhei para o meu salvador, que me fitava sorridente, postado ao lado da Dara.

Adam era alto e corpulento, e a sua pele era branca rosada. Seus cabelos, alaranjados, eram lisos e cortados rente ao coro cabeludo, contrastando com a barba, também ruiva, por fazer. Mas foram os seus olhos que me chamaram a atenção. Eles eram azuis da cor do mar, mas, ao contrário dos meus, eram vívidos e transbordavam sabedoria e perspicácia. Adam, então, me cumprimentou.

— Olá. Como vem passando?

— Digamos que nada mal para quem foi brutalmente espancada, jogada toda ensanguentada numa rua qualquer, no meio da noite, e sofreu um aborto.

Fui irônica, mas confesso que logo me arrependi. Eu estava com raiva, muita raiva. Raiva dos meus pais, da tia Anne, do Patrick e agora do Adam, por não ter me deixado morrer. Morrer era a única forma de pôr um fim ao meu sofrimento; de pôr um ponto final no círculo vicioso de angústia e tristeza pelo qual, pelo visto, eu estava predestinada desde o meu nascimento. Adam não me deixou morrer e eu o odiava por isso.

— Quando eu a encontrei, não fazia ideia de que estava grávida. Soube apenas quando chegamos no hospital. Eu sinto muito, muito mesmo. É um milagre que esteja viva depois de tudo pelo que passou!

— Milagres não existem. Eu preferia ter morrido. E você não me deixou morrer! — disse em alto e bom som, desviando o meu olhar enfurecido para um dos cantos vazios do quarto.

— Olívia, quando eu a encontrei, você estava desmaiada, com o corpo e rosto cobertos de sangue. Coloquei-a no meu carro e dirigi para o hospital o mais rápido que pude, na tentativa desesperada de salvá-la, como qualquer outra pessoa com o mínimo de bom senso faria no meu lugar faria. Na ocasião, como já te disse, eu não fazia ideia de que você estava grávida, mas fiquei bastante entristecido quando soube do aborto. Tem algo que eu possa fazer por você? Ou melhor, você tem alguma ideia de quem possa ser o agressor?

— O pai da criança — afirmei, com lágrimas nos olhos.

— Entendo. E você gostaria de prestar queixa?

— Não! Eu não posso. Se eu o fizer, ele certamente me machucará ainda mais e as agressões nunca terão fim. Esse círculo vicioso de desgraças tem que acabar.

Por mais que eu desejasse a morte, morrer nas mãos do Patrick era algo que eu sequer gostaria de cogitar. E se eu o denunciasse, ele certamente iria me matar.

— Pelo contrário. Denunciá-lo é a única maneira de impedi-lo de machucá-la novamente.

— Você não sabe o que está falando. Não o conhece e, portanto, não faz ideia do ele é capaz.

— Sei muito bem. Pela minha experiência, aprendi que, na essência, os agressores são todos iguais. Sou advogado e ao longo da minha profissão me deparei com alguns casos semelhantes ao seu. As vítimas, no mais das vezes intimidadas pelos agressores, tendem a não prestar queixas. Mas aquelas que criaram coragem e o fazem, encontraram, enfim, paz, ao colocarem um ponto final nos abusos. Sei que tudo é muito recente para você, mas, pense a respeito, sabendo que terá o meu total apoio caso opte por denunciá-lo. Agora eu tenho que ir, mas amanhã eu estarei de volta.

— Adam...

Ele já estava saindo, quando parou e me olhou. Seus olhos exprimiam bondade e segurança, tudo o que eu mais precisava naquele momento. "Será que eu poderia confiar em um estranho depois de tudo o que eu havia passado na vida? Não, definitivamente eu não poderia confiar em ninguém. Estava sozinha, mais do que nunca".

— Obrigada! E me desculpe pela forma como eu o tratei antes. Você não tem culpa de nada.

— Descanse, Olívia. Até amanhã.

Como prometido, Adam retornou ao hospital na manhã do dia seguinte. Carregava consigo um lindo buquê de flores do campo e uma caixa de biscoitos amanteigados. Logo que se aproximou, recusei os presentes.

— Adam, muito obrigada por tudo o que fez por mim. No entanto, gostaria que você não voltasse mais a me visitar. Estou me recuperando gradativamente, mas estou bem e, pelo que pude constatar até agora, aos cuidados de uma excelente equipe médica. Você já me ajudou muito e serei eternamente grata pelo que fez, mas não há mais nada que possa fazer daqui para a frente.

— Olívia, você não está mais sozinha. Eu quero te ajudar!

— Adeus Adam. E obrigada mais uma vez — falei friamente.

Adam tentou me persuadir do contrário, mas foi em vão. Desolado, ele então se virou e caminhou até a porta do quarto do hospital, levando consigo o buquê de flores e a caixa de biscoitos amanteigados.

Adam estava errado: eu estava sozinha. Eu sempre estive sozinha.

– Nove –

Desde o primeiro dia em que eu cheguei no hospital, a enfermeira Dara não poupou esforços para zelar por mim. Quando ela estava de plantão, cuidava das minhas feridas externas, e das internas, quando estava de folga. Passávamos horas a fio conversando no pequeno, porém, charmoso, jardim de inverno que havia no prédio do hospital. E líamos, líamos muito, o que era bastante prazeroso para mim.

A passos de bebê, fomos construindo uma relação de confiança e amizade, a qual eu jamais imaginei que seria possível, ainda mais num hospital. Quando estávamos juntas, Dara me brindava com histórias da sua infância, adolescência, vida adulta e sua paixão pela enfermagem. Enquanto ela falava, volta e meia eu me pegava pensando o quão diferente eram os nossos mundos e quão desprovida de ambições eu era. Pelo visto, a enfermeira pouco sofrera na vida, ao contrário de mim, que só fiz sofrer.

A despeito das inúmeras revelações íntimas que Dara me fizera ao longo dos nossos encontros quase que diários no hospital, eu jamais lhe revelei um fato sequer da minha vida privada. Mencioná-los me doía demais e, por isso, resolvi que era melhor deixá-los no esquecimento, como a poeira embaixo do tapete. Mas era fato notório que eu havia me apegado à Dara e ela a mim, e, por isso, nós ansiávamos pelas nossas conversas, sempre motivadoras e animadas, por parte dela, é claro.

A minha recuperação foi lenta, como haviam previsto. Todavia, eu não me importava, já que não tinha para onde ir após a alta hospitalar. Então, quanto mais tempo eu ali permanecesse, melhor seria para mim.

Eu já não mais me alimentava por meio do acesso, que antes estava em minhas veias. Me levantava sozinha da cama e me exercitava diariamente com as caminhadas que eu fazia pelos longos, frios e inóspitos corredores do hospital. Minha mente queria ceder; morrer, mas o meu corpo lutava para se recuperar, viver. E eu apenas seguia o meu instinto e sobrevivia e me fortalecia, um dia após o outro.

— Por acaso você já pensou a respeito do que fará com a sua vida quando tiver alta? — questionou Dara, me tirando do transe, enquanto acariciava o meu cabelo longo e alaranjado, como de costume.

— Não... — a bem da verdade, eu já havia sim. Sem o bebê e sem o dinheiro que eu havia guardado para a fuga — o Patrick o roubou na noite do ataque — nada mais me restava. Portanto, eu não tinha nada a perder e vingança era a única coisa que eu conseguia pensar naquele momento. Eu só não sabia como eu iria me vingar, mas esse plano, é claro, não podia revelar à Dara. Por isso, apenas fiz um gesto negativo com a cabeça.

— Olívia, venha morar comigo. Moro sozinha em uma casa imensa, que herdei da minha querida avó, e, por ser ampla, me dá bastante trabalho. Além disso, tenho duas cachorras, que exigem bastante atenção, coisa que não estou dando conta de lhes dar, por conta da minha rotina aqui no hospital. Se vier morar comigo, você poderia me ajudar com os afazeres da casa, além de fazer companhia e passear com as minhas cachorrinhas. O que você acha?

Enquanto Dara terminava a sua fala, um distinto senhor de cabelos grisalhos e aparentando um pouco mais de quarenta anos de idade adentrou no recinto. Desviando o seu olhar cautelosamente pelo cômodo, ele parecia estar à procura de algo ou alguém. "Deve ser parente de um dos pacientes", pensei.

— Olívia Ryan? — disse o desconhecido, desviando o seu olhar para os papéis que carregava consigo, após me chamar.

— Sou eu! — respondi. Mas por que aquele estranho estava me procurando? Dara pareceu tão ou mais intrigada do que eu ao fitá-lo.

— Olívia, meu nome é Jason Clarke. Trabalho para a Garda de Naas. Você está sendo investigada pelo assassinato de Patrick Ó'Neill — disse o policial, entregando-me um documento em seguida que eu sequer fazia ideia do que se tratava. — Assim que receber a alta hospitalar, você será transferida para uma penitenciária feminina, onde aguardará o seu julgamento em reclusão. Você tem direito a um advogado, mas, caso não tenha condições financeiras de arcar com um, o Estado lhe fornecerá. Tem algo a dizer?

— Estou livre! Patrick está morto!

– Dez –

Em um dia ensolarado, o policial Jason Clarke me aguardava do lado de fora do prédio do hospital, encostado em uma das portas da viatura da Garda. Ele não era alto nem baixo e tinha um corpo robusto. Aspirando respeito, ele trajava uma calça jeans da cor azul claro e camisa azul celestial listrada e notei que a sua barba por fazer, não obstante o calor que fazia naquela época do ano, encobria uma cicatriz no lado esquerdo do seu rosto. "A barba serve para encobri-la", notei.

Ao me ver, Clarke jogou a guimba do cigarro que fumava no chão, pisando sobre a mesma em seguida, e foi ao meu encontro com um sorriso tímido estampado no rosto.

— Bom dia, Olívia.

— Bom dia, policial.

— Podemos ir?

— Sim — afirmei, desviando, em seguida, o meu olhar para a Dara, que segurava a minha mão com tamanha firmeza, que parecia que queria quebrar os seus ossos. — Dara, não chore!" — disse abraçando-a ternamente. — Eu não matei o Patrick! Portanto, tudo ficará bem, você vai ver! —"E ficaria mesmo", pensei.

Há alguns dias eu vinha me sentindo esperançosa, o que confesso que era algo estranho para mim, mas esse sentimento me propulsionava seguir adiante; tentar ser feliz. Era algo involuntário e que me dominava, cabendo a mim somente me render a essa vontade.

Meus pais, a tia Anne e depois o Patrick estavam mortos, portanto ninguém mais poderia me machucar. Eu estava livre e em breve seria solta, já que eu não tinha assassinado Patrick, ainda que eu desejasse a sua morte em silêncio, desde o primeiro dia em que ele colocou a sua mão em mim.

— Olívia, assim que eu puder, irei visitá-la na prisão. Eu cuidarei de você, eu prometo. Você não está mais sozinha, minha querida. Agora, você tem a mim — disse com o tom maternal habitual. A minha solidão, pelo visto, era algo digno de dó, já que estranhamente todas as pessoas que se aproximavam de mim sempre me diziam a mesma coisa: "você não está sozinha". Não estaria mesmo?

— Dara, tudo ficará bem. Não se preocupe. Obrigada por tudo o que você fez por mim. Eu jamais poderei compensá-la. Você foi a única pessoa que me afagou quando todos os outros me esbofetearam. Nunca me esquecerei disso — fitando-a nos olhos, dei-lhe um beijo carinhoso e demorado, o qual foi recebido com uma expressão feliz. Em seguida, me virei e entrei na viatura branca, com faixas amarelas e azuis, da Garda. Eu estava livre... livre e em paz. Patrick estava morto e isso era o que bastava para eu ser feliz naquele momento.

Durante todo o trajeto do hospital até a penitenciária, fui apreciando a paisagem local. Havia flores por todos os cantos da cidade, dando-lhe um ar festivo, alegre. Fiquei imaginando como estaria aquela mesma paisagem na próxima vez em que eu pudesse caminhar novamente livre por aquelas ruas da charmosa cidade. Eu jamais fui livre. Sempre estive presa às amarras imaginárias da tia Anne e depois às do Patrick. Entretanto, se eu fosse absolvida ou até mesmo se tivesse que cumprir eventual pena a mim imposta, ainda que por um crime que não cometi, eu estaria livre, para todo o sempre. E a simples expectativa de liberdade me fez querer continuar a viver, a querer lutar pela minha vida. Curiosamente, eu, que havia desistido de viver, estava mais determinada do que nunca em busca da minha liberdade, pois só assim eu poderia ser feliz e ser dona do meu próprio nariz, o que até então eu achei que seria impossível.

Nada foi dito durante o caminho, de parte a parte. Jason Clarke parecia estar submerso em seus pensamentos, assim como eu nos meus. Me peguei sorrindo. Há tempos não sorria. "É engraçado como o sentimento de esperança mexe com as pessoas", pensei. A simples possibilidade de ter uma vida melhor e ser livre me fez querer viver e lutar pela minha liberdade.

Logo quando chegamos na penitenciária feminina, o policial me conduziu até um agente carcerário, que tinha um olhar bastante intimidador. Rispidamente, ele ordenou para que eu me despisse, a fim de que ele pudesse realizar a minha revista íntima. Mesmo constrangida, obedeci, afinal, não era uma opção. Lentamente, retirei as peças de roupa e os sapatos e, uma vez nua, o agente pediu para que eu agachasse três vezes.

Todo o procedimento foi muito vexatório, humilhante, mas cabia a mim acatar as ordens do policial. Ele estava apenas executando o seu trabalho de revistar uma acusada de ter cometido um crime bárbaro, a despeito de eu não tê-lo cometido, mas isso ele não tinha como saber. Em seguida, o agente me entregou um saco que continha o uniforme do presídio, vesti o mais rápido que pude, de modo a minimizar o meu constrangimento.

Mesmo vestida, me sentia nua. Foi então que fui conduzida àquela que seria a minha cela. Caminhei pelos frios e inóspitos corredores da prisão a passos lentos e com a cabeça baixa, assustada com o barulho que faziam as detentas nas celas pelas quais eu passava, gritando e se debatendo num ritmo frenético em suas grades, como animais enjaulados. Não seria fácil, pensei, nada fácil, mas eu teria de sobreviver àquela selva. Eu só não sabia como iria fazer isso.

O agente diminuiu o ritmo dos seus passos e parou em frente a uma cela, abrindo-a em seguida. O cômodo, assim como os demais, era retangular e estreito. Suas paredes eram beges e havia um pequeno banheiro, um beliche e uma escrivaninha. Notei que sobre uma das camas deitava-se uma mulher robusta, com uma aparência bastante intimidadora. Seus cabelos eram castanhos escuros, com indeléveis mechas loiras, e estavam amarrados com um rabo de cavalo. Ela aparentava ter um pouco mais de trinta anos, mas certamente tinha menos.

— Levante-se Cameron — disse o guarda. A detenta se levantou lentamente, já que não tinha motivo para se apressar. Em pé, ela fitou fixamente em meus olhos, de tal modo que o seu olhar penetrou em minha alma. Estremeci. — Cameron, essa é a Olívia, sua nova companheira de cela.

— Olá — falei, me arrependendo em seguida de ter dito algo. Cameron não era agradável e nitidamente não estava a fim de se socializar.

Quando o guarda enfim se retirou da cela, me senti mais solitária e desprotegida do que nunca. E, sentada na cama livre do beliche, deixei que lágrimas banhassem o meu rosto por horas a fio. Não sei bem ao certo quanto tempo ali permaneci chorando e lamentando o que a vida me reservou, mas pouco importava naquele momento. Foi então que Cameron se aproximou.

— Qual a acusação? — perguntou-me sem rodeios. Ao contrário de mim, Cameron parecia confortável naquele ambiente em que estávamos, como se aquele fosse o seu território. Com um olhar intimidador e seu rude modo de falar e se portar, ela definitivamente pertencia àquele lugar. Notei que em seu antebraço havia uma tatuagem: Chloe. "Quem seria?", fiquei imaginando.

— Assassinato — disse, desviando o meu olhar para o chão. Por mais que eu não tivesse matado o Patrick, o fardo de ser acusada de sua morte era pesado demais para carregar. Eu tinha vergonha daquela acusação, mas teria que aprender a lidar com aquele sentimento.

— Nossa! Quem diria que uma menina fina e delicada como você seria capaz de matar alguém! A gente morre e não vê tudo!

— Mas, eu não o matei! Eu juro.

— Ah, querida, não precisa jurar. Somos todas inocentes aqui.

Cameron sentou-se em sua cama e pegou o livro que estava sobre o seu travesseiro. Abriu na página marcada com um pequeno papel amassado e se concentrou na leitura. Sua atitude me fez perceber que não havia mais espaço para conversa. Gostaria de saber mais sobre aquela mulher, todavia, com o seu gesto, ela tinha deixado claro que aquele não era o momento. Eu teria de aguardar uma outra oportunidade para tanto e tempo era algo que eu teria de sobra naquele local.

Passei em claro a minha primeira noite na prisão. Barulhos desconexos e estranhas gargalhadas vindos do corredor onde ficavam as celas me aterrorizaram durante toda a madrugada. Entre uma lágrima e outra que escorriam dos meus olhos, eu sussurrava repetidamente para mim mesma que tudo ficaria bem, como uma espécie de mantra. E, aos poucos, fui me acalmando.

O dia amanheceu sem que eu tivesse sequer cochilado, nem mesmo por um instante. Eu estava cansada e meus olhos ardiam, em razão do choro contínuo e da falta de sono, mas eu estava aliviada por ter sobrevivido à minha primeira noite naquela selva. E, se eu tinha sobrevivido à primeira, sobreviveria às demais.

— Olívia, você tem visita! — disse o homem fardado na frente da cela. Me levantei imediatamente e arrumei o meu cabelo, bagunçado pelas inúmeras vezes que virei a minha cabeça de um lado para o outro no travesseiro, tentando dormir.

Caminhando em passos lentos pelos gélidos e inóspitos corredores da penitenciária, fiquei imaginando quem poderia ter ido me visitar e logo concluí que era Dara. Entramos em uma sala pequena e sentado em uma das cadeiras em frente a uma pequena mesa retangular estava Adam.

— Estarei do lado de fora, caso precise de mim — disse o agente penitenciário, ao se retirar do local.

— Olá, Olívia!

Adam estava diferente do dia em que eu o conheci no hospital. Sua barba, antes por fazer, estava aparada de forma rente ao rosto e o seu cabelo meticulosamente penteado para uma das laterais. Mas foi sua vestimenta que prendeu a minha atenção. Seu terno era preto liso e a sua camisa, impecavelmente passada, era branca como a neve. A gravata, no tom vermelho sangue, era lisa e se destacava entre o paletó e a camisa. Com o seu traje formal e óculos de grau em seu rosto, Adam aspirava confiança, sabedoria e seriedade. Mas quem o teria avisado sobre a minha prisão? "Dara, é claro, só poderia ter sido ela", pensei.

— Olá.

— Sinto muito pelo que está passando. Como você está? Algum oficial lhe faltou com respeito durante o encarceramento?

— Não. Todos foram muito respeitosos. Quanto a isso não posso me queixar. De qualquer modo, obrigada pela preocupação. Você veio a pedido da Dara?

— Sim. Ela me procurou assim que você deixou o hospital na viatura da Garda. Coitada, ela estava apavorada e me implorou para que eu a defendesse de suas acusações. O modo como me pediu fez com que eu não tivesse coragem de negar o caso. Ela gosta muito de você, Olívia! — disse o advogado, com um sorriso tímido, o qual foi logo substituído por um olhar sério e confiante. — Mas, antes de qualquer coisa, eu preciso ouvir de você: posso promover a sua defesa no caso?

— Sim, Adam. Primeiramente, todavia, quero que saiba que eu não tenho condições de arcar com as despesas de um advogado, muito menos as de um profissional do seu calibre. Por isso sinta-se livre para rejeitar a minha defesa, ainda que Dara o tenha convencido do contrário. Pode deixar que eu me acerto com ela — disse, com uma leve piscadela. — Além disso, quero que saiba que até hoje eu me puno pelo modo como o tratei quando nos conhecemos no hospital. Me sinto envergonhada e espero sinceramente que um dia você me perdoe pelas besteiras que eu disse e agressividade com que o tratei. Fui estúpida, eu sei, e hoje sei que você só queria me ajudar. Para ser sincera, não estou acostumada com gentilezas.

Apesar de não ter desviado os seus olhos dos meus por um minuto sequer, Adam ignorou o meu pedido de desculpas. Nitidamente, ele ainda estava magoado.

— Olívia, você está sendo acusada de homicídio em primeiro grau. O corpo de Patrick foi encontrado à beira do lago próximo ao General Hospital de Naas, na madrugada do mesmo dia em que eu a encontrei desacordada e gravemente ferida próxima à saída para a rodovia M7. Ele foi esfaqueado e sangrou até a morte — Adam retirou os óculos de grau da face, pousou-os sobre a mesa e com a palma de uma das suas mãos esfregou os seus olhos. Ele parecia exausto.

— O juiz Marshall, designado para o caso, fixou a sua fiança em um patamar nunca visto nessa Comarca. Acredito que seja por conta do clamor popular. Assassinatos não são comuns em Naas, como você bem deve saber. E quando um crime dessa natureza acontece em uma cidade pacata como esta, a população se sente insegura e tende a bradar por Justiça. E é exatamente isso que está acontecendo com relação ao seu caso, cuja notoriedade é inegável — Adam me fitou com pesar, tendo eu retribuído o olhar, mas sem expressar qualquer sentimento.

— Conversei com Dara sobre a questão da fiança e ela me disse que não tem condições de arcar com a vultosa quantia fixada pelo magistrado. Devo dizer que ela ficou bastante chateada e frustrada por não poder ajudá-la com essa questão. Tentei consolá-la, mas confesso que foi em vão.

— Ela não deveria se chatear. Dara fez por mim o que ninguém nunca havia feito. Passarei o resto da minha vida tentando recompensá-la.

Adam concordou e voltou a consultar os documentos que estavam sobre a mesa à sua frente.

— Olívia, para que possamos traçar uma estratégia de defesa no seu caso, precisamos que nos revele detalhes minuciosos acerca da noite do crime. Cada detalhe é importante, por mais irrelevante que ele lhe possa parecer, cabendo a mim e à minha equipe explorá-los, caso julguemos importantes. Precisamos que nos conte tudo, desde a hora em que saiu para trabalhar naquele dia, até a hora em que acordou no hospital. Repito: cada detalhe, por mais singelo que possa lhe parecer, tem o seu valor — Com um simples gesto, concordei.

— Muito provavelmente o assistente de acusação, Chris Ó'Connor, me procurará nos próximos dias, para me propor um acordo, em troca de uma confissão da sua parte. Essa é a praxe nesse tipo de crime, já que a acusação tenta evitar os custos de um julgamento, que são altos. Voltaremos a falar sobre isso, se e quando ele me procurar. Seja como for, é meu dever, como seu advogado, lhe informar que, caso opte por seguir adiante com o julgamento, rejeitando eventual proposta de acordo feita pela acusação, se vier a ser condenada, terá de cumprir a sentença que for proferida pela Corte Criminal da Irlanda, sendo que a pena máxima para esse tipo de crime é a prisão perpétua.

"Prisão perpétua?" Estremeci. Tentei respirar fundo, mas o ar me faltou. Ao perceber, Adam me entregou o copo de água que estava na mesa, fazendo um gesto, em seguida, para que eu me servisse de um gole, mas o recusei.

— Patrick era o pai da criança que você abortou, correto?
— Sim. Patrick era casado com a minha tia Anne.
— E vocês moraram na mesma casa, é isso? Por favor, me conte um pouco sobre isso. Preciso de detalhes — disse o advogado, pegando uma folha em branco entre os papéis que estavam sobre a mesa, para fazer anotações.

— Sim. Meus pais morreram quando eu tinha apenas três meses de idade, e a minha tia Anne, meu único parente vivo na época, me adotou, ainda que a contragosto. Quando ela se casou com Patrick, eu tinha sete anos, e no início o relacionamento deles era normal, ao menos aos meus olhos. Porém, os abusos começaram. Não foram raras as vezes em que Patrick surrou a minha tia, além das humilhações e xingamentos quase que diários. Quando ela adoeceu, por não conseguir mais satisfazer as necessidades físicas do marido, ordenou que eu assumisse os eu papel, pois, caso contrário, ele nos despejaria da casa. Ela disse que merecia ter uma morte digna depois de tudo o que havia feito por mim. Como ela estava muito doente, obedeci na tentativa de amenizar a sua dor. Eu jamais desobedeceria a minha tia — Adam rascunhava algo em um papel e, entre uma anotação e outra, ele me fitava com olhos de piedade. Sinceramente, eu detestava aquele tipo de olhar, ainda mais vindo dele.

— Continue, por favor.

— Na época, eu tinha apenas doze anos de idade e achei que me entregar ao Patrick era o correto a ser feito, para ajudar a minha tia acamada. Contudo, os abusos continuaram após a sua morte, mas eu me acostumei. Na verdade, eu não sabia, e até hoje não sei, como é uma vida diversa daquela que eu estava vivendo, pautada no sofrimento e permeada de humilhações, e achava que tudo o que estava acontecendo era normal. Além disso, eu não tinha como me sustentar, tampouco para onde ir e, por isso, eu simplesmente aceitei o que o destino havia me reservado, até que eu engravidei — com as mãos trêmulas e suadas em minha barriga, continuei. — Foi então que eu decidi fugir com o pouco dinheiro que eu havia poupado ao longo dos anos que trabalhei como garçonete no pub, além de uma vultosa quantia dada por uma generosa senhora, assídua frequentadora do bar. O seu nome era Nora e jamais me esquecerei o seu gentil gesto — Adam, que me observava atentamente, sorriu.

— O bebê me deu forças para que eu lutasse por uma vida melhor, mas nem tudo acontece como planejamos, não é mesmo?

— Certo. E o dia da sua fuga foi o dia em que eu a encontrei desacordada?

— Sim. Naquela noite, eu esperei Patrick adormecer. E, quando eu acreditei que ele estava dormindo, escapei pela janela do meu quarto. Ao atingir a superfície, pensei que eu estivesse livre, até o momento em que eu escutei alguém chamar o meu nome — com as mãos trêmulas, tentei enxugar as lágrimas que rolavam em meu rosto num ritmo frenético. Relembrar os acontecimentos daquele dia era doloroso demais para mim, em especial os chutes, os socos e os pontapés que resultaram na perda do bebê, o qual eu havia depositado todas as minhas esperanças de uma vida melhor. Esse capítulo da minha história, se me fosse dada a oportunidade, eu certamente o apagaria, quando muito, o reescreveria.

Adam, então, fez um gesto com a mão, para eu continuar.

— Quando me virei, Patrick deu o primeiro chute na minha barriga. Eu me lembro de ter implorado para que parasse, por conta do bebê, mas ele continuou me batendo e me xingando. Estava enraivecido, como eu nunca tinha visto antes. Seus olhos estavam repletos de ira. Em seguida, uma série de chutes e socos foram desferidos por todo o meu corpo num ritmo alucinante, sem que eu pudesse me defender, por mais que eu tentasse. Depois disso, não me lembro de mais nada. Devo ter desmaiado — desviei o meu olhar para o chão. A ferida, ainda em processo de cicatrização, fora aberta novamente. E a dor ao tocá-la era dilacerante.

— Olívia, o relatório da autópsia revelou que Patrick foi morto em razão de uma série de golpes de faca em seu corpo, sendo um deles fatal, na jugular. Curiosamente, a arma do crime estava jogada ao lado do seu corpo. E, conforme constou do laudo datiloscópico feito pelo perito criminal da Garda, as suas impressões digitais foram encontradas na faca. Conversaremos sobre isso logo mais — antes de continuar, Adam consultou um dos papéis que estavam sobre a mesa da sala e fez novas pequenas anotações.

— O documento indica que Patrick morreu à 01h15min do sábado do dia 2 de setembro. Ou seja, no mesmo dia em que eu a encontrei próxima à rodovia gravemente ferida e desacordada, conforme já mencionei.

Após uma curta pausa, Adam novamente retirou os seus óculos da face e continuou:

— Eu me lembro de tê-la encontrado por volta das 02h50min na madrugada daquele dia, próximo à rotatória que dá acesso à M7, rodovia que liga Naas à Dublin. Apesar de serem lugares distintos, a acusação afirma que teria dado tempo de você matá-lo no lago próximo ao hospital e depois se dirigir ao local em que eu a encontrei desacordada. Segundo o promotor, a gravidez, as agressões que sofreu e os abusos cometidos pelo seu tio anos a fio seriam o motivo do crime — colocando os óculos novamente em seu rosto, Adam pousou os documentos sobre a mesa e me olhou fixamente. Ele parecia dominar o que fazia; era seguro e confiante. E isso era tudo o que eu precisava naquele momento.

— Eu reuni os melhores profissionais do meu escritório para trabalhar na sua defesa. São advogados experientes, astutos e dedicados. Você não poderia estar em melhores mãos, isso eu posso afirmar, mas quero que saiba que eu mesmo é que atuarei como seu advogado de defesa no plenário do júri.

— Não tenho dúvida quanto a competência da sua equipe. Obrigada por também estar fazendo isso por mim, Adam.

— A minha equipe, nesse exato momento, está trabalhando em uma petição para que o julgamento seja transferido para outra Comarca, diante da evidente revolta dos moradores locais em reação à natureza do crime. Sinceramente, a minha experiência me leva a crer que o pleito será rejeitado pelo juiz da causa, mas não nos custa nada tentar.

Parecia uma boa estratégia, por isso apenas anuí.

— Paralelamente, estamos elaborando um croqui, que pretendemos apresentar ao júri, para mostrar a distância entre o local em que você foi encontrada desacordada e o local em que o corpo do Patrick foi achado, de modo a calcular o tempo dos possíveis trajetos que poderiam ter sido percorridos, seja a pé, de bicicleta, de carro ou qualquer coisa que o valha. Nosso objetivo, com a apresentação dessa prova, é mostrar aos jurados que seria impossível você tê-lo matado e depois ter se deslocado até o local em que eu a encontrei desacordada — Adam se serviu de um gole de água do copo que pousava sobre a mesa.

— Por fim, minha equipe ainda hoje realizará uma busca por eventual testemunha que tenha presenciado não só as suas agressões, quando da sua tentativa de fuga, como também os golpes desferidos em Patrick, que causaram a sua morte.

Por óbvio, eu era leiga em direito. Entretanto, me sentia segura nas mãos de Adam, que a cada palavra pronunciada demonstrava confiança e domínio sobre a matéria.

— Olívia, você o matou? — a pergunta direta me pegou desprevenida. Levei um susto.

— Não, Adam. Por mais que eu o quisesse morto, mais que tudo na vida, eu não o matei. Você acredita em mim?

Sem me olhar nos olhos e ignorando por completo a minha pergunta, o astuto advogado continuou:

— Por acaso você teria alguma ideia de como as suas digitais foram parar na arma do crime?

Pelo visto, ele não acreditava na minha inocência ou, ao menos, havia uma dúvida razoável de que eu havia cometido o crime. Entristeci.

— Não — refleti por um segundo e, depois, continuei: — A não ser que o assassino tenha usado uma das facas da cozinha da nossa casa. Isso seria possível? Seria muito cogitar da possibilidade de o autor do crime ter entrado na nossa casa e pego uma de nossas facas para me incriminar?

— Se o assassino tivesse livre acesso à sua residência, sim, pois não há indícios de arrombamento, segundo o relatório da Garda. Já ordenei que a minha equipe faça uma petição de busca e apreensão de todas as facas que porventura sejam encontradas no local, assim como que sejam colhidas as impressões digitais em todos os objetos apreendidos — Adam me olhou esperançoso. Era a primeira vez que ele me olhava daquele modo.

— A audiência preliminar foi designada para a próxima quarta-feira — disse, de maneira entusiasmada, como se fosse uma boa notícia. — É mera formalidade. Nessa audiência, a promotoria apresentará o corpo e a arma do crime e o policial que realizou a investigação tentará ligar as provas a você. Eu estarei presente nessa audiência, juntamente com um membro da minha equipe, e lhe orientarei melhor acerca dos procedimentos de praxe.

— E me será dada a oportunidade de falar nessa audiência? Para eu contar a minha versão dos fatos?

— Tradicionalmente, nessa primeira audiência, não cabe à defesa a apresentação de provas ou coisa que o valha. Também não lhe será dada a palavra, cuja oportunidade somente virá à tona no julgamento, se ele ocorrer. Desse modo, evitamos que você seja contrainquirida duas vezes pela acusação, o que seria extremamente desfavorável para a nossa defesa.

Me levantei e caminhei lentamente para um dos cantos da sala, mas, na verdade, eu queria mesmo é sair correndo daquele local, o que era impossível. Eu estava enjaulada e assim permaneceria por um bom tempo e me sentia como um animal acuado.

Adam prosseguiu: — Depois da apresentação das provas pela promotoria, o juiz Marshall decidirá se você irá à julgamento popular ou não — após uma pausa na fala, ele consultou as suas anotações em um pequeno caderno e aduziu — Ah, tem mais uma coisa que eu preciso saber: Patrick tinha inimigos? Alguém que desejava vê-lo morto?

— Acredito que não. Patrick não tinha amigos, tampouco parentes vivos. Pelo menos não que eu saiba. Ele sempre estava trabalhando no pub, e, quando não estava lá, estava em casa. Jamais saía para se divertir ou coisa que o valha. For a do local de trabalho, ele era introspectivo; muito reservado — tentei a todo custo me lembrar de algo que pudesse ajudar na minha defesa, fosse o que fosse. Uma discussão ou algum empregado insatisfeito, uma dívida não paga, mas nada veio à minha mente, para a minha frustração.

— No pub, Patrick era amigável e atencioso com os empregados e clientes, completamente diferente do que ele era em casa: explosivo e agressivo — Adam anotou algo em seu caderno, guardando-o, juntamente com os demais papéis que estavam sobre a mesa, em uma pasta de couro preta que estava no chão ao seu lado.

— Certo. Bom, agora eu tenho que ir. Se lembrar de alguma coisa, me diga amanhã. Enquanto isso, tem algo que eu possa fazer por você, Olívia?

— Acredite em mim, Adam. É tudo o que eu peço.

- Onze -

O crime tornou-se público. Fotos do Patrick ensanguentado deitado à beira do lago da pacata cidade de Naas, rodeado por cisnes e patos que habitavam o local, estavam estampadas em todas as páginas dos jornais e revistas de grande circulação e veiculavam em todos os telejornais do país. E não foi diferente em relação às mídias sociais. Segundo me disseram, havia memes com fotografias minhas, vestida com o uniforme da escola, esfaqueando o Papa Francisco, a Madre Teresa de Calcutá e todas as demais personalidades bondosas e caridosas que existem no mundo. Ironicamente, eu era um demônio aos olhos do povo, e Patrick, um santo.

Por estar enclausurada, eu não tinha acesso a essas fotos, mas Dara, em uma de suas rotineiras visitas à prisão, as descreveu, para eu não ser pega de surpresa no julgamento. Segundo ela, eu deveria estar preparada para a pior descrição possível da minha personalidade pela acusação.

Em uma das nossas conversas, Dara também me revelou que, em todos os meios de comunicação, Patrick vinha sendo descrito como uma pessoa amistosa, gentil e tranquila, e não o mostro doentio e agressivo que ele realmente era. Ironicamente, a sua morte o beatificou. Quanto a mim... eu era a ingrata, a assassina fria e calculista que havia matado o santo homem que a acolheu e cuidou, desde os seus sete anos de idade e mesmo após a morte da sua tia.

O clima, segundo eu soube, era o mais hostil possível. Em todos os cantos da cidade, a população clamava por Justiça. Conforme Adam havia me alertado em uma de suas visitas à prisão, assassinatos não são comuns na pequena cidade de Naas. De fato, não o eram. Confesso que eu mesma não me recordava do último que tinha acontecido ali, o que justificava a revolta dos locais, diante da insegurança gerada pela natureza do crime.

Como era de se esperar, por conta das minhas digitais na arma do crime e do clamor popular, deliberou-se que eu iria à julgamento pelo Tribunal do Júri, o qual havia sido designado para o final daquele mês. Havia, portanto, pouco tempo para Adam e sua equipe preparar a minha defesa, mas, para o meu alívio, ele me assegurou que era tempo suficiente para tanto.

Enquanto aguardávamos o julgamento, Adam e eu conversávamos horas a fio em suas visitas quase que diárias à prisão. Repassávamos todos os meus passos da noite do crime, enquanto ele rascunhava possíveis teses de defesa. Fizemos uma lista de clientes do pub — frequentadores explosivos, de pavio curto — e de eventuais fornecedores do bar, com os quais Patrick poderia ter tido alguma desavença ou dívida não paga, na tentativa de ligá-los ao crime. Mas eu, sinceramente, acreditava que aquelas informações eram de pouca valia. Para mim, nenhuma das pessoas que eu mencionara ao advogado seria capaz de assassinar Patrick. Adam, contudo, me dizia a todo instante que, de acordo com a sua experiência, o assassino era quem a gente menos espera.

O confiante advogado também me expôs as possíveis teses de defesa com relação à questão de as minhas digitais terem sido encontradas na arma do crime, bem como me mostrou um detalhado croqui feito pela sua equipe, com os possíveis trajetos entre o local em que fui encontrada e onde Patrick foi assassinado e o seu corpo encontrado. Tive a impressão que tudo estava sobre controle e parecia perfeito. Adam e seus assistentes estavam fazendo um excelente trabalho, o que me fazia acreditar que eu não poderia estar melhor representada, e, por isso, eu estava em paz.

Eu aguardava ansiosamente as visitas de Adam à prisão. Era a minha parte favorita do dia, devo confessar. É claro que, por estar encarcerada, qualquer visita era bem-vinda, mas não era isso que me deixava feliz. Era o fato de eu perceber que ele se importava comigo, que estava zelando por mim, coisa que até então apenas Dara havia feito, de forma despretensiosa. E confesso que a sensação que ele me proporcionava com os seus gestos e a atenção que me dispensava eram boas demais.

Certa vez, em uma de suas visitas habituais, Dara me revelara que havia procurado Adam logo após a minha prisão, para contratar os seus serviços de advogado, mas que ele havia recusado a aceitar qualquer quantia para tanto. Todavia, não negou a contratação.

— Acredito que Adam gosta muito de você, Olívia. Caso contrário, o que justificaria a sua recusa em receber os seus honorários advocatícios? — disse Dara, com um sorriso maroto estampado em seu rosto. — Acho que ele está caidinho por você — disse animada, seguida de uma piscadela.

— Pare já com isso, Dara. Ele é apenas uma boa alma, como você já disse. Ele está apenas sendo gentil comigo, é isso. Deve estar com dó de mim, isso sim, como todos ao meu entorno. Desde o dia em que Adam me conheceu só presenciou a minha desgraça. Então, é natural que ele se sinta assim.

— Ah, querida, eu não entendo muito de homens, até porque estou solteira até hoje, não é mesmo? Mas de pessoas eu entendo! E posso te afirmar que Adam está interessado em você. E está disposto a defendê-la, sem receber nada por isso, e não porque sente dó, mas sim por te querer bem.

— Vamos mudar de assunto, por favor. No atual estágio em que me encontro, pouco me importa se o George Clooney está interessado por mim. Tenho que focar todas as minhas forças única e exclusivamente na minha defesa, para provar a minha inocência. Respirei fundo e a fitei fixamente, com um olhar confiante.

— É isso aí, garota! Estou gostando de ver a sua garra e determinação!

— Dara, você acredita que eu sou inocente?

Sem titubear um segundo sequer, Dara me respondeu: — Sim, Olívia. É claro que eu acredito! — aliviada, sorri. Ao menos Dara acreditava na minha inocência.

— Acho que o Adam não acredita... — o sorriso que antes estampava o meu rosto deu lugar a uma triste feição.

— Deixe de besteiras, Olívia. É claro que ele acredita. Se ele não acreditasse, por que é que ele teria se oferecido para atuar na sua defesa, ainda mais de graça?

— Não sei. Algo me diz que ele não acredita em mim. Que está apenas fazendo o seu trabalho e sendo uma boa alma. E tem outra, o caso, como você já me alertou algumas vezes, ganhou notoriedade pública, donde eu concluo que me defender o trará fama; que será uma boa publicidade para o seu escritório.

Dara se quedou inerte diante da minha argumentação, o que me fez acreditar que eu poderia estar certa quanto às minhas elucubrações.

Os dias foram passando lentamente, e, pelo que eu soube, a imprensa e a população local já tinham me condenado, sem que eu sequer tivesse ido a julgamento. Matérias sobre o caso eram publicadas quase que diariamente nos principais jornais do país, como se mais nada estivesse acontecendo de relevante na Irlanda. Certo dia, Dara me trouxe um jornal de grande veiculação local, cujo título da manchete principal estampado na primeira página era devastador: "O anjo-monstro". Assim que li, o entreguei subitamente à Dara, que logo me devolveu.

— Leia até o fim, querida. Confie em mim, vale a pena.

Apenas anuí.

A matéria trazia uma série de depoimentos de pessoas que teriam se relacionado comigo desde a mais tenra idade. Colegas deram entrevistas sobre como era o meu comportamento na escola, sendo todos unânimes em afirmar que eu era uma pessoa reclusa, fria e muito esquisita. Nada de novo, portanto, afinal, eu já sabia que eram essas as opiniões. Mas, entre eles, um depoimento, publicado no canto da página me chamou a atenção.

Olívia era uma menina dócil, porém sofrida. Daí o seu comportamento recluso. Ela perdeu os pais quando era recém-nascida. Sua tia a adotou, mas nunca lhe deu atenção, tampouco amor. Olívia jamais seria capaz de cometer um crime de tamanha barbaridade. Ela não seria capaz de fazer mal a ninguém.
Eleanor Murphy

"Eleanor! Doce Eleanor". Mesmo depois de todos esses anos, Eleanor, assim como eu, não tinha se esquecido do pouco tempo que passamos juntas. Havia pessoas boas no mundo, a vida estava me mostrando, e Eleanor com certeza era uma delas. Suspirei ao ler novamente as ternas palavras estampadas na primeira página do jornal local. "Muito provavelmente, ela deve ter sido repreendida pelos pais por ter manifestado a sua opinião em meu favor", pensei com pesar. Em seguida, fechei os meus olhos e agradeci as pessoas boas com que a vida havia me presenteado: Eleanor, Dara e Adam. De fato, eu não estava mais sozinha. Com lágrimas no rosto, olhei para Dara e lhe disse:

— Obrigada.

Ao contrário do que eu havia imaginado, logo que cheguei na penitenciária feminina, Cameron, minha companheira de cela, se revelou uma pessoa agradável. Em uma das nossas conversas diárias, ela me relatou que estava cumprindo pena por roubo à mão armada. Segundo me disse, o crime teria sido cometido porque ela estava desempregada e com inúmeras dívidas, além de ter uma filha pequena para sustentar. Como não tinha ninguém para lhe socorrer, o crime pareceu ser a única opção. Sinceramente, naquela época, pouco me importava o crime que Cameron havia cometido, contanto que ela não me fizesse mal. E, para a minha sorte, foi isso exatamente o que ela fez.

    Certa vez, em uma das nossas idas matinais ao pátio da prisão para banho de sol, uma das detentas se aproximou de mim. De forma bastante intimidadora, ela se sentou ao meu lado e lentamente passou a mão nos meus cabelos, deslizando os dedos por entre os cachos. Estremeci, não ousei olhar para o lado. Senti o calor dos seus dedos, quando ela puxou o meu queixo para si, sussurrando, em seguida, o quanto poderíamos nos divertir sozinhas. Meu coração acelerou e minhas mãos ficaram trêmulas. Olhei ao entorno e notei que estávamos cercadas, certamente por comparsas suas, donde conclui que não havia nada que eu pudesse fazer para me desvencilhar daquela situação.

    A detenta, de nome Britney, fazia jus à fama de durona e violenta, que havia galgado ao longo do cumprimento de sua pena na prisão. Havia rumores de que ela havia matado a sua amante, depois de fazê-la sofrer por alguns dias, como forma de puni-la pela traição. Restos do seu corpo foram localizados em um chiqueiro perto de sua casa, dando ao caso maior repulsa.

    Britney, que se deslocava sempre acompanhada de três ou quatro outras detentas, era alta e musculosa. Seu cabelo era cortado rente ao couro cabeludo, se assemelhando ao corte masculino. Eu temia pela minha segurança, caso eu negasse me 'divertir' com ela. Todavia, para a minha sorte, Cameron apareceu e ordenou que a tal detenta me deixasse em paz.

    — Eu não sabia que ela estava com você, Cameron! Me desculpe — disse a mulher robusta, se retirando logo em seguida, como um cachorro enxotado de um açougue. E, como um passe de mágica, a partir daquele dia, ninguém mais ousou se aproximar de mim durante o tempo que permaneci na prisão.

    Por conta da sua personalidade forte e de seu porte físico avantajado — era alta e corpulenta —, Cameron adquiriu respeito entre as demais detentas. E sob a sua proteção, o tempo que passei encarcerada não foi tão traumático quanto poderia ser. A bem da verdade, posso afirmar que foi bem melhor do que aquele que eu havia passado com a tia Anne e o Patrick, por mais triste e lamentável que isso possa soar.

Faltavam poucas semanas para o julgamento e Adam, como de costume, veio me visitar na prisão, para repassarmos alguns pontos das teses de defesa e conversamos sobre outros tantos que poderiam ser alegados pela acusação, os quais teríamos de rebater.

— Você está preparada, Olívia?

— Estou sim, Adam — De fato, eu estava.

— Olívia, como eu já lhe expliquei, no plenário do júri, primeiramente será dada a palavra à acusação e depois à defesa. Como acontece nesse tipo de crime, a promotoria tentará a todo custo te descrever como o pior tipo de pessoa no mundo. Certamente, você será acusada de ser ingrata, fria e calculista, exatamente como a mídia a vem descrevendo. Quero que esteja preparada para esse tipo de julgamento, para não ser apanhada de surpresa, ok?

Eu sabia que não seria fácil, mas já estava acostumada com julgamentos ignorantes, no sentido literal da palavra, e maldosos, é claro. Ninguém sabia o que eu havia passado, tampouco como era a minha vida e os abusos sofridos. As pessoas com as quais nos relacionávamos no dia a dia acreditam piamente que Patrick não passava de um tio zeloso, que cuidava da sobrinha da mulher falecida, lhe proporcionando teto, comida, estudo e até mesmo um emprego. E eu não os culpava por isso, pois era exatamente essa a imagem que passávamos para quem quer que se aproximasse de nós. Ninguém poderia jamais imaginar o seu comportamento agressivo e o quanto eu sofri nas suas mãos.

— Com base na minha experiência profissional, eu acredito que o julgamento durará no máximo dez dias — eu não sabia ao certo se era muito ou pouco tempo; portanto, apenas continuei olhando atentamente para Adam.

— Via de regra, não aconselho os meus clientes a testemunhar nos crimes de assassinato. E te digo o porquê: por mais que eu tenha ensaiado cada palavra que deveria sair de sua boca, a promotoria, na contra inquirição, não poupa esforços para pegar alguma ou contradição, fazendo com que tudo que tenha sido dito antes perca o seu valor. Mas no seu caso é diferente. Aconselho você a depor, pois julgo que o seu depoimento será crucial para o desfecho da nossa defesa. Os jurados precisam saber a sua versão dos fatos, tal qual eles ocorreram. Caberá a você contar como era o seu dia a dia com o Patrick e os abusos que sofreu, de forma pormenorizada. Terá de lhes contar os detalhes acerca da gravidez e a causa do aborto, por mais que isso possa lhe doer, pois eu sei que dói.

A simples menção ao aborto fez com que os meus olhos marejar lágrimas de sofrimento profundo. Adam, notando a minha dor, pousou a sua mão sobre a minha e aquele singelo ato me confortou. Em seguida, ele continuou com as suas instruções.

— Os jurados estarão esperando a sua versão dos fatos e essa será a única oportunidade que você terá durante o julgamento de provar que não é a pessoa retratada pela mídia. Terá de convencê-los de que você não é ingrata, tampouco fria e calculista, mas sim vítima de um homem agressivo e doente, que, desde os seus doze anos de idade, a abusou física e mentalmente. E, com base nessas informações, os jurados tirarão as suas próprias conclusões sobre a sua personalidade e se esquecerão da figura retratada pela imprensa. Você acha que consegue depor?

Fechei os olhos e novamente chorei. Que irônico era, depois de tudo o que eu passei, ainda ter que convencer aquelas pessoas estranhas de que eu não era uma pessoa má, mas sim uma vítima da vida e do Patrick. Mas eu estava consciente que contar-lhes a minha versão era a minha única saída e, por isso, anuí.

— Sei que não será fácil, Olívia, contudo, como lhe disse, o seu testemunho é crucial para a nossa defesa. Acredite em mim, eu não lhe pediria para depor se não o fosse. Pense nisso. Agora, tenho que me reunir com a minha equipe, para os arremates finais. Descanse. Voltarei amanhã.

Adam se levantou, reuniu os documentos que estavam espalhados sobre a mesa e caminhou até a minha direção. Com um beijo carinhoso em minha testa, ele se despediu.

Naquela noite, eu fui dormir pensando que o meu destino estava nas mãos de doze jurados, cujas vidas e personalidades eu jamais iria conhecer. Entrei em pânico e chorei compulsivamente, já que chorar era a única forma de aliviar o aperto que eu vinha sentindo em meu peito, que parecia estar prestes a explodir.

– Doze –

— Olá, Olívia, como você está se sentindo hoje? — questionou Adam, com uma aparência descansada e otimista, muito diferente da do dia anterior.

— Estou nervosa. Muito nervosa, na verdade. Mas acredito que essa sensação seja normal, diante da situação em que me encontro, não é mesmo?

Adam concordou com o olhar.

— Às vezes eu tenho a impressão de que o tempo não passa aqui dentro. Não consigo dormir, tampouco me alimentar de forma decente. Me sinto fraca e estou com os nervos à flor da pele. À noite, na minha cela, fico confabulando tudo o que pode acontecer no julgamento, pensando no que a defesa pode vir a alegar e me desespero. Cameron, minha companheira de cela, não aguenta mais presenciar os meus lamentos. Não sei o que fazer. Estou angustiada e...

— Acalme-se!

Era óbvio que eu estava prestes a surtar a qualquer momento e isso não passou despercebido ao Adam. Ele se levantou, caminhou em minha direção e, com um olhar amável, passou os seus dedos em minha face. O calor dos seus dedos afastou o meu temor.

— Está tudo sob controle, confie em mim.

Sim, eu confiava, até porque eu não tinha outra opção naquela época. Tê-lo a meu lado, me defendendo e apoiando era por demais prazeroso, e aquela singela demonstração de carinho de sua parte fez com que ao menos por uma breve fração de segundo eu esquecesse que me encontrava no olho do furacão.

— Olívia, como era esperado, o assistente de acusação me procurou e propôs um acordo, em troca da sua confissão pelo assassinato. Caso venha a se declarar culpada pela morte de Patrick, você seria condenada a cumprir uma pena de reclusão de dez anos. Pela minha experiência, devo adverti-la de que não é um mau acordo.

— Mas eu não o matei, Adam! Você não acredita em mim, não é mesmo? E como pode me defender se não acredita na minha inocência? — os dedos das minhas mãos, que estavam sobre a mesa, tiritavam incessantemente, e minha boca estava mais seca do que nunca.

— Como seu advogado, devo alertá-la uma vez mais que as provas contra você são contundentes, Olívia. As suas digitais foram encontradas na arma do crime e havia motivos de sobra para que você o matasse. Uma pena de dez anos certamente é muito inferior àquela que poderá vir a ser fixada pelo juiz da causa, caso o júri conclua que você o matou.

— Você não acredita em mim... — repetia como uma espécie de mantra, aos prantos.

— Olívia, não sou eu quem irá julgá-la. Vamos ter de trabalhar duro para provar a sua inocência para os doze homens que estarão sentados no quadrante dos jurados. Eles sim precisam acreditar na sua inocência.

— Não sei o que é pior: você não acreditar na minha inocência ou eu ser condenada à prisão perpétua, por doze pessoas que sequer sabem o que eu passei na vida.

— Como eu disse, a minha opinião não terá valia alguma na sua defesa. O que importa é convencermos os jurados de que você não cometeu o crime ou ao menos plantar em suas cabeças a semente da dúvida razoável. E quanto à proposta de acordo feita pela acusação? — nitidamente, ele não queria mais falar sobre as suas crenças. E cabia a mim respeitar.

— Eu não vou aceitar o acordo, Adam. Diga ao promotor que eu prefiro correr o risco de ser condenada pelos jurados a assumir a culpa por um crime que não cometi.

— Eu entendo e cabe a mim acatar a sua decisão. Entrarei em contato com o promotor assim que possível, para comunicá-lo da sua posição. Seja como for, quero que saiba que eu e minha equipe estamos trabalhando dia e noite para que você tenha uma defesa digna e eficiente.

Apenas o fitei e concordei com o meu olhar triste.

— Bom, mãos à obra. Vamos agora repassar a nossa tese relacionada à questão do trajeto entre o local em que o corpo do Patrick fora achado e aquele que eu a encontrei desacordada e ferida — falou, consultando os seus documentos.

E, durante horas naquela tarde, repassamos as teses de defesa que Adam havia rascunhado e analisamos fatos que não havíamos levados em conta nos nossos encontros anteriores. Cada detalhe, por mais insignificante que fosse para mim, tinha o seu valor, segundo o advogado repetia insistentemente.

Quando retornei para a minha cela naquele dia, não consegui deixar de pensar com pesar no fato de que Adam claramente não acreditava na minha inocência. Perdida em meus devaneios, ouvi Cameron chamar o meu nome.

— Está tudo bem?

— Sim. Só estou preocupada com o julgamento.

— Não se preocupe, pelo que me contou, o seu advogado é bom. Ele fará uma boa defesa.

— O problema é que ele não acredita na minha inocência, Cameron.

— Ah, querida, os advogados criminais nunca acreditam. Mas isso não significa que ele não fará uma boa defesa.

De fato, pelo que eu me lembrava nos filmes hollywoodianos que continham julgamentos, eles nunca acreditavam. "Mas também seria assim na vida real?", me questionei.

— Acreditar na minha inocência é algo importante para mim. Ainda que eu venha a ser condenada pelo júri, não gostaria de ser condenada pelo Adam. Você me entende?

— Meu Deus, você está apaixonada por ele! — disse Cameron, com um tom de voz zombeteiro.

— Não! Claro que não. Mas não posso negar que eu me afeiçoei a ele. Ele me salvou, Cameron. Me encontrou no meio da rua desacordada e ferida e me levou para o hospital. E agora ele e sua equipe estão trabalhando duro para conseguir provar a minha inocência, e tudo isso sem cobrar um centavo sequer. Devo a minha vida a esse homem e sabe-se lá quando poderei recompensá-lo por tudo o que fez e tem feito por mim, de maneira despretensiosa. Portanto, eu gostaria que ele acreditasse em mim, na minha inocência.

— Apaixonada é pouco. Está caidinha por ele, menina!

E assim encerramos a conversa.

"Eu estaria mesmo apaixonada?", pensei. "E se eu estivesse, o quanto esse sentimento poderia me machucar?" Os batimentos do meu coração aceleraram e o meu corpo começou a tremer só de pensar em sofrer novamente. Fosse o que fosse o que eu estivesse sentindo pelo Adam, eu estava determinada a pôr um ponto final naquele exato instante, pois o meu pobre coração não aguentaria um novo trinco. Então, determinada, decidi que afogaria os meus sentimentos num mar de pesar e seguiria em frente, lutando pela minha liberdade, que era tudo o que importava naquele momento.

Faltavam apenas três dias para o início do julgamento e os jurados já tinham sido selecionados tanto pela acusação quanto pela defesa. O meu destino estava nas mãos de sete mulheres e cinco homens, cujas vidas e crenças eu não fazia ideia. Como de costume, Adam esteve na prisão, para conversarmos uma vez mais sobre o caso.

— Kelly, a jurada mais velha, é casada e tem quatro filhos, sendo três homens e uma mulher, sendo que todos são casados e têm filhos. Ela se aposentou há alguns anos e acreditamos que foi selecionada pela acusação, justamente pelo fato de possuir três filhos homens — disse Adam, demonstrando certo desapontamento.

Colocando documento que estava em suas mãos sobre a mesa, Adam procurou um segundo papel, o qual, pelo visto, continha as informações sobre outro membro do júri.

— Kiara, a segunda jurada, tem vinte e quatro anos e é solteira, sem filhos. Por estar cursando o terceiro ano de enfermagem, decidimos escolhê-la, pois acreditamos que ela será mais sensível à questão dos abusos cometidos pelo Patrick na hora da votação. Tomara que estejamos certos.

Anuí com o olhar. Ele parecia ter completo domínio sobre as suas atividades, o que me deixava segura e aliviada, na medida do possível.

— Sophie tem sessenta e dois anos, é viúva, tem um filho homem e está aposentada. Foi escolhida, é claro, pela acusação. Linda, a quarta jurada, tem cinquenta e três anos, é casada, tem três filhas e trabalha com tecnologia da informação. Acreditamos que se trata de uma testemunha imparcial, por isso a escolhemos.

Concordei.

— Maria, também escolhida pela defesa, é uma imigrante brasileira naturalizada irlandesa. Tem quarenta e um anos e trabalhava como barista em um *coffee shop* local. Não é casada e não tem filhos. A escolhemos porque acreditamos que a sua vida, assim como a sua, não tenha sido nada fácil. Por conta disso, estamos apostando que ela seja mais compreensiva ou coisa que o valha. Mas, como disse, é apenas uma aposta.

Conforme ele me passava as informações eu apenas anuía com o olhar. Para ser sincera, achei essa parte um tanto quanto maçante, pois eu não tinha aptidão para analisar a importância das palavras que ele dizia. Mas o fato é que ele não parava de falar.

— Lucia, a sexta jurada, tem trinta e quatro anos, é solteira e não tem filhos. Está desempregada no momento. Acredito que ela não será um problema para nós. A última jurada mulher se chama Sarah. Ela tem trinta e sete anos e é dentista. É casada, mas não tem filhos. Vem frequentando clínicas de fertilização há algum tempo, mas sem sucesso — Adam sorriu, dando a entender que seria uma boa testemunha. Olhei para ele, aguardando as próximas informações sobre os integrantes do júri.

— O primeiro jurado homem se chama Joshua, tem vinte e nove anos e trabalha como engenheiro elétrico em uma multinacional local. Solteiro e sem filhos. Nem preciso dizer que se trata de uma escolha da acusação, não é mesmo? Não se pode ganhar todas — pousando novamente o papel que estava em suas mãos sobre a mesa, Adam pegou um outro documento que havia deixado de lado. — Harry é casado, tem quatro filhos homens e sua mulher está esperando o quinto. Ele tem trinta e três anos e é gerente de um banco.

Fiquei refletindo nas implicações daquelas informações.

— Aidan tem quarenta e um anos, é divorciado e tem dois filhos, sendo uma mulher e um homem, todos casados e com filhos. Trabalha como caixa em um supermercado local. Pela minha experiência, acredito que Aidan poderá vir a proferir um voto imparcial. O quinto jurado se chama Daniel. Divorciado, sem filhos. Ele tem vinte e oito anos e trabalha em uma fábrica de carne na cidade. Tem um histórico de violência doméstica. Parece que foi essa a razão do divórcio. Confesso que fiquei na dúvida se tal fato poderia ou não nos ajudar, mas optei por selecioná-lo. Espero que nos ajude.

— Por fim, o último jurado se chama Mathew, tem quarenta e um anos e trabalha na área da construção civil e pelo seu histórico de vida, nos pareceu ser uma pessoa sensata. Mathew é casado com uma polonesa e tem um filho de dez anos de idade. Apostamos nele, por acreditarmos que o seu voto será justo, no sentido de que refletirá o que será mostrado e provado no plenário do júri.

Fitando-o, apenas concordei.

— Em resumo, eu e a minha equipe não achamos de todo ruim a composição do corpo de jurados. A bem da verdade, ficamos bastante satisfeitos com a seleção. Conforme conversamos anteriormente, os jurados estão adstritos às evidências que serão apresentadas tanto pela acusação quanto pela defesa ao longo do julgamento, assim como às diretrizes técnicas dadas pelo juiz presidente do Tribunal do Júri, no caso, o juiz Marshall — Adam pausou sua fala, nitidamente para pegar fôlego.

— Por serem leigos sobre a matéria, não cabe a eles a interpretação da lei, sendo que qualquer dúvida que porventura possam ter sobre questões eminentemente técnicas terá de ser dirimida pelo juiz. No final do julgamento, eles terão de votar se você é culpada ou não pelo assassinato do Patrick. Caso, entretanto, haja uma dúvida razoável, qualquer que seja ela, os jurados não poderão considerá-la culpada.

Estremeci só de pensar na possibilidade de ser considerada culpada por um crime que não cometi. Seria injusto demais.

— Se houver alguma dúvida, seja ela no que se refere ao motivo ou à arma do crime, a lei determina que os jurados deem ao réu o benefício da dúvida e o declarem inocente. E é exatamente isso que estaremos buscando nesse julgamento. Tentaremos, a todo custo, mostrar falhas na tese de acusação e desvalorizar as provas apresentadas. Não temos que provar a sua inocência. Não é esse o nosso papel, mas sim plantar uma dúvida razoável na cabeça de cada um dos jurados — Adam ficou sério e pareceu preocupado. — Você está pronta, Olívia?

— Estou. Já repassei centenas de vezes o meu testemunho, conforme conversamos. Acredito que estou preparada. Agora cabe a mim apenas controlar a ansiedade, o que, confesso, está sendo mais difícil do que eu imaginava.

Sorri. Era isso que eu fazia quando estava nervosa. Apenas sorria.

Adam segurou a minha mão e me fitou fixamente nos olhos. Seus olhos azuis da cor do céu sempre me tranquilizavam.

— Agora eu tenho que ir, Olívia. Procure descansar no final de semana. Segunda-feira será um dia bastante exaustivo para você. Para todos nós, na verdade.

Adam se levantou e, como de costume, me deu um beijo afetuoso na testa. Quando se aproximou, pude sentir a suave fragrância amadeirada do seu perfume, que passou a ser o seu cheiro característico. Sempre que eu o sentisse, onde quer que eu estivesse, eu me lembraria dele e de tudo o que ele fez e estava fazendo por mim.

Durante o caminho de volta à minha cela, surpreendentemente, fui entorpecida por uma súbita sensação de paz. E a sensação era maravilhosa.

- Treze -

— Todos em pé para receber o excelentíssimo senhor doutor juiz presidente do Tribunal do Júri, Willian Marshall! — disse o meirinho em alto e bom som para que todos os presentes no plenário do júri o ouvissem. A sala estava abarrotada de curiosos e repórteres.

O clima era o mais hostil possível. Quando a conversa não era generalizada, o silêncio que se fazia no ambiente afligia até mesmo aqueles que sequer seriam julgados. Uma vez em pé, procurei os olhos de Dara, como um leão procura a sua presa, entre os bancos de madeira escura que preenchiam a sala. Eu precisava desesperadamente de um conforto e sabia que o seu olhar doce, como sempre, me proporcionaria essa sensação.

Na primeira cadeira do lado esquerdo da bancada da defesa se encontrava Rebecca Jones, assistente e braço direito do Adam. Rebecca aparentava pouco mais de vinte e cinco anos, mas, não obstante a sua pouca idade, denotava competência e confiança, seja em razão dos seus trajes formais, seja pelo seu olhar sério, penetrante e afiado.

No meio da bancada, estava Adam, estrategicamente posicionado. Uma vez em pé, ele demonstrava sabedoria e segurança e estava impecavelmente vestido para a ocasião, com um terno azul marinho gizado e uma gravata cinza. Por cima do seu traje formal, assim como Rebecca, ele vestia uma beca preta e uma peruca branca, daquelas que se usam em julgamentos dessa natureza no meu país. Trêmula, eu nada disso, tampouco me mexi, permanecendo ali imóvel, até segunda ordem.

O juiz Marshall, com sua beca preta imponente e sua peruca branca, cumprimentou a todos os presentes e, em seguida, sentou-se em sua bancada, acenando, ato contínuo, para que todos fizessem o mesmo.

Willian Marshall aparentava estar próximo dos setenta anos de idade. Não era alto, nem baixo; tinha uma estatura mediana, o que não lhe favorecia em razão do sobrepeso. Marshall era um juiz admirado e respeitado na Comarca que presidia. Demasiadamente técnico e imparcial, como todo bom juiz deve ser, ele orquestrava os júris que presidia com admirável maestria. Em mais de trinta anos atuando como juiz criminal, jamais teve que suspender um julgamento por falta de compreensão dos jurados ou defesa deficiente, o que seriam consideradas falhas técnicas inadmissíveis na carreira de um magistrado, se passassem despercebidas por ele. Mas, acima de tudo, era conhecido por priorizar a aplicação da Justiça, em todos os seus casos.

O juiz Marshall colocou os óculos de leitura em seu rosto e se debruçou sobre um documento que estava em sua bancada, passando a lê-lo em silêncio. Em seguida, virou-se para o quadrante em que os jurados estavam sentados e os cumprimentou.

— Os jurados já chegaram a um acordo de quem será o vosso representante?

O silêncio que se fazia na sala de julgamento enquanto o magistrado falava era assustador. Senti um gosto de sangue na boca e percebi que eu havia mordido o meu lábio de tal forma que o cortei.

— Sim, Meritíssimo! Concordamos que eu serei o representante — disse Mathew, um dos integrantes do corpo de jurados, ao se levantar.

— Certo! Senhor Mathew, está claro para os membros do júri o modo como o julgamento será processado?

— Sim, Excelência.

— Mesmo assim, os relembrarei, tamanha a sua importância. As diretrizes legais serão por mim comandadas ao longo do julgamento. Portanto, vocês não precisam se preocupar com questões eminentemente técnicas. Peço apenas que se concentrem nas evidências que lhe serão apresentadas tanto pela acusação e defesa. É só o que peço. E, se houver uma dúvida razoável, peço para que votem pela inocência da ré. Um veredito de culpada somente poderá ser proferido nesta Corte no caso de não restar dúvida quanto ao fato de que a acusada efetivamente assassinou Patrick Ó'Neill. Correto?

— Sim, Excelência.

— De acordo com as leis penais irlandesas, nenhum réu poderá ser condenado por um crime se houver uma dúvida razoável de que ele o tenha cometido — disse o juiz, com um olhar afiado direcionado ao Mathew e, depois, para todos os demais jurados. — Compreenderam?

— Sim, Meritíssimo — disse o porta-voz do júri.

— Obrigado, senhor Mathew. Pode se sentar. Peço agora que os representantes da acusação e defesa se aproximem da minha bancada, por favor.

Ambos obedeceram. Para mim, pareciam bois rumo ao abate.

— Senhores, eu não irei tolerar qualquer forma de desrespeito de parte a parte no meu Tribunal. Quero que deixem eventual espetáculo para a mídia, que está do lado de fora da Corte, ávida por um furo de reportagem. Lá sim vocês poderão dar o seu show. Não aceitarei objeções impertinentes e interrupções inesperadas, tampouco provas que não tenham sido previamente arroladas. Não quero surpresas. Quero que o julgamento seja eminentemente técnico, claro e imaculado, como todo julgamento deve ser — O promotor, Chris Ó'Connor, e Adam anuíram simultaneamente.

E assim o julgamento começou.

Mesmo assustada e amedrontada, enquanto Adam e o promotor retornavam às suas bancadas, decidi explorar o meu entorno. Fora os olhos ternos de Dara, todos os demais que cruzei na sala eram acusatórios e intimidadores. Antes mesmo de a acusação iniciar o seu discurso de abertura, eu já havia sido condenada não só pelo corpo de jurados, mas pelos presentes, sem exceção. Era essa ao menos a minha impressão.

Caminhando de um lado para o outro com sua beca preta impecavelmente alinhada, Chris Ó'Connor iniciou o discurso de abertura da acusação descrevendo Patrick como sendo um homem amistoso, gentil e tranquilo, exatamente como a imprensa o havia pintado. Quanto a mim, eu era a sobrinha ingrata, fria e calculista, e, pior, a típica adolescente problemática que o tio fazia o favor de tolerar e zelar.

Em sua fala inicial, a acusação fez um breve resumo das teses que seriam exploradas ao longo do julgamento, em especial com relação ao fato de a arma, contendo as minhas impressões digitais, ter sido encontrada no local do crime, ao lado do corpo, já sem vida, do Patrick. Essa era, como Adam me alertou, a tese principal da promotoria.

Terminado o discurso de abertura, o promotor inquiriu as primeiras testemunhas, as quais depuseram sobre as personalidades do Patrick e minha. Duas das testemunhas foram categóricas em afirmar que o meu tio dividia o seu tempo e esforços entre mim e o pub, e que me tratava como filha.

Seja como for, o teor dos depoimentos prestados pelas testemunhas de acusação era previsível, por mais que não refletisse a realidade dos fatos. Sempre que possível, Adam protestava ou contra interrogava uma ou outra testemunha, porém seus esforços eram nitidamente em vão. Não foram raras as vezes em que notei que certos membros do júri me olhavam com ares de reprovação após as falas dos depoentes e ares de desprezo quando dos protestos de Adam.

Ao final do dia, o juiz Marshall deu por encerrada a sessão de julgamento, determinando o seu recomeço no dia seguinte, às dez da manhã.

Em conversa com Adam, ele me revelou que tudo o que fora dito pela promotoria ao longo daquele dia estava dentro do papel da acusação; portanto, eu não deveria me amedrontar. Disse para eu descansar, pois o dia seguinte seria igualmente ou mais exaustivo. Concordei e me despedi, me sentindo um tanto quanto anestesiada com tudo o que vi e ouvi.

Às dez horas da manhã do dia seguinte, conforme determinado pelo magistrado, deu-se início a mais uma sessão no plenário do júri. Como no primeiro dia, a sala estava lotada com repórteres e espectadores curiosos, que geralmente esse tipo de crime atrai. E no fundo da sala estava Dara, nitidamente angustiada e temerosa com o que poderia acontecer naquele dia. Tais sentimentos eram visíveis a olho nu.

A acusação deu início aos seus trabalhos, ouvindo mais duas testemunhas, até que fosse declarado o recesso para o lanche. Retomada a sessão, o promotor convocou Eduard Stuart para testemunhar. Ao ouvir o seu nome, debrucei-me sobre o ombro do Adam e, assustada, por saber de quem se tratava, questionei-lhe se o seu testemunho poderia nos causar alguma implicação. Ele notou o pavor em meus olhos.

— Sabemos quem é. Fique calma. Está tudo sob controle — me afirmou Adam, e eu acreditei.

Após as advertências de praxe quanto à obrigação de dizer a verdade e as sanções aplicáveis ao crime de perjúrio, o juiz Marshall deu a palavra ao promotor.

— Senhor Stuart, poderia nos dizer qual a sua profissão?

— Sou contador.

— O senhor trabalha como contador no pub que era de propriedade da vítima, correto?

— Sim, senhor. Trabalho lá há quatro anos.

— Durante o tempo em que conviveu com a vítima e com a acusada, o senhor presenciou alguma humilhação, maus-tratos ou qualquer atitude de desrespeito da vítima para com a ré?

— Não, senhor. Não presenciei.

— Certo. E, com base no tempo em que conviveu com a ré no pub, o senhor a descreveria como sendo uma pessoa fria e calculista?

— As outras garçonetes do pub acreditavam que sim — respondeu o contador, antes mesmo de o promotor terminar a sua fala.

— Protesto, Excelência! — disse Adam em alto e bom som, ao se levantar de sua cadeira. — A testemunha está depondo sobre opiniões de terceiros, o que, como a acusação deveria bem saber, não é admissível pelas leis irlandesas.

— Deferido. Peço ao promotor que reformule a pergunta, já que a testemunha também não pode nos expor a sua opinião íntima — Marshall lhe olhou com desaprovação.

— Senhor Stuart, como o senhor descreveria o relacionamento entre a ré e a vítima?

— Era normal. Patrick parecia se importar com a Olívia. Pelo menos era essa a impressão que eu tinha.

— Sem mais perguntas, Excelência.

Terminada a inquisição da testemunha pela acusação, fora dada a palavra à defesa, para a contra inquirição. Adam se levantou e, a passos lentos, se dirigiu ao banco das testemunhas, onde permaneceu por alguns segundos em silêncio. Notei que os pés do contador se mexiam em um vai e vem frenético, bem como os dedos das suas mãos. Assim como eu, ele estava nervoso, cada qual por sua razão.

— Senhor Stuart, o senhor, como contador, é o responsável pela folha de pagamento dos empregados do pub, correto?

— Sim, senhor.

— O senhor poderia nos informar qual era o salário que a acusada recebia pelos serviços que prestava como garçonete no pub?

— Ela não recebia salário — disse a testemunha, desviando imediatamente o olhar para mim. Os jurados repetiram o seu gesto.

— E o senhor sabe o porquê de a ré não receber salário? Ela não trabalhava diariamente no pub?

— Sim, ela trabalhava diariamente, sendo que na maioria das vezes ela ficava até a hora de o pub fechar, o que acontecia por volta da uma da manhã, no mais das vezes. Mas confesso que não sei o porquê de ela não receber salário.

— Entendo. Obrigada, senhor Stuart. Não tenho mais perguntas, Excelência — Adam se virou e caminhou em direção à bancada da defesa. Pude ver em seu olhar que estava desapontado, insatisfeito com as parcas informações que conseguira extrair da testemunha na inquirição cruzada.

— Espere. Me lembrei de algo — falou o contador. Adam se virou imediatamente para a testemunha.

— Diga, senhor Stuart.

— Certa vez, questionei ao Patrick sobre isso e me lembro de ele ter dito que "era o mínimo que aquela vagabunda poderia fazer". Naquela ocasião, achei estranha a forma como ele se referiu à Olívia, mas, como ela era adolescente, pensei que poderia ser uma espécie de represália por algum mau comportamento que ela pudesse ter tido. Sinceramente, não dei muito valor.

— Sem mais perguntas, Excelência — disse Adam, novamente, mas sem deixar esconder a satisfação que sentiu com o adendo feito pelo contador.

Em seguida, o juiz Marshall declarou encerrada a sessão de julgamento daquele dia. Todos se levantaram, inclusive os integrantes do corpo de jurados, que me olharam fixamente, com nítida repulsa e reprovação.

— Adam, até quando os jurados irão me olhar dessa forma? É tão constrangedor e intimidante a maneira como me encaram. Sinto que já estou condenada.

— É uma reação normal, Olívia, já que até agora os jurados apenas ouviram as teses e os depoimentos das testemunhas da acusação, não é mesmo?

Apenas concordei.

No dia seguinte, novamente a acusação deu início aos trabalhos do júri convocando mais uma testemunha para depor.

— A promotoria convoca John Murphy para testemunhar — anunciou a acusação.

John Murphy era um perito criminal especializado em identificação datiloscópica, respeitado no Condado de Kildare. Com sua técnica e sabedoria aperfeiçoados ao longo dos anos trabalhando para a polícia irlandesa, ele havia ligado pessoas às impressões digitais deixadas em arma ou cenas de crimes. Murphy aparentava ter pouco mais de sessenta anos de idade e inspirava autoridade e confiança até mesmo no seu modo de caminhar. Ele era baixo, tinha uma barriga sobressalente e um bigode caricato, mesmo assim sua aparência era imponente.

— Senhor Murphy, há quantos anos o senhor é perito criminal?

— Há vinte e quatro anos — respondeu orgulhoso.

— E, ao longo do exercício da sua função, o senhor teve alguma perícia anulada ou questionada?

— Não. Jamais.

— Certo. O senhor poderia nos informar se elaborou o laudo de exame datiloscópico do presente caso?

— Sim, eu o lavrei.

— Senhor Murphy, poderia nos refrescar sobre as conclusões que chegou ao analisar a arma do crime?

— O exame datiloscópico realizado na arma do crime detectou que as impressões digitais que nela foram encontradas são compatíveis com as da ré.

Após uma estratégica pausa, para que os jurados assimilassem as informações, o promotor continuou:

— Esse tipo de exame é infalível ou há uma margem de erro a se considerar?

— Ainda que ínfima, há uma margem de erro.

— O senhor poderia, por gentileza, discorrer mais sobre essa questão?

— O traço deixado no objeto periciado é uma representação do desenho da ponta do dedo de um indivíduo. Quanto maior a qualidade do traço, menor é a margem de erro. A qualidade, portanto, é o que define a margem de erro no caso da perícia datiloscópica.

— Obrigado pela explicação. Em relação à arma do crime, como o senhor poderia nos esclarecer acerca da qualidade dos traços?

— Quando da realização da perícia na arma do crime, foram encontrados inúmeros traços, de boa qualidade, na superfície do objeto. E, ao interpretar esses traços, concluí que eles eram compatíveis com as impressões digitais da acusada, as quais estavam armazenadas no banco de dados da polícia técnica.

— Obrigado mais uma vez pelos esclarecimentos, senhor Murphy.

O promotor, então, se virou para o juiz Marshall e o informou que não tinha mais perguntas para a testemunha.

— Dr. O'Brien, a testemunha é sua — disse o magistrado, dando continuidade ao julgamento.

— Senhor Murphy, se, apenas por hipótese, uma pessoa estivesse usando luvas de látex e tocasse na arma do crime, ela deixaria rastros da sua pegada?

— Não. As luvas de látex inibem o contato das digitais do indivíduo com o objeto.

— Suponhamos, então, que esse mesmo indivíduo, utilizando-se das luvas de látex, tenha pegado na arma do crime, no mesmo local em que fora encontrada a digital da ré. Nesse caso, a luva seria capaz de apagar as digitais da acusada que já se encontravam no objeto?

— Não. As digitais da ré permaneceriam na faca. Elas não seriam apagadas ao toque da luva de látex.

— Certo. Ainda hipoteticamente, posso afirmar que um indivíduo, usando luvas de látex, pudesse ter pego uma faca na casa da vítima, contendo as impressões digitais da acusada, e a tenha usado para matar o Patrick, sendo que, com isso, não deixasse as suas próprias impressões na arma?

Nesse momento, podia-se ouvir as respirações dos espectadores presentes, tamanho o silêncio que se fazia na sala do júri, silêncio este que se quebrou com os brados estridentes da acusação.

— Protesto, Excelência! — o promotor levantou-se aos berros. Todos os presentes no tribunal se agitaram, dando ensejo a um burburinho generalizado. Repórteres faziam anotações em suas cadernetas, em um ritmo frenético; tal fala lhes renderia a matéria esperada. Com vista a retomar a ordem, Marshall bateu o seu martelo sobre a mesa. Todos se calaram e o olharam.

— Excelência, a pergunta formulada pela defesa é eminentemente técnica. E, pelo que eu saiba, a acusação convocou a testemunha justamente para esclarecer aos jurados questões de ordem técnica. Portanto, não há prejuízo ou ilegalidade alguma em formulá-la, ao meu ver — Adam estava calmo, ao contrário dos presentes na sala, inclusive e principalmente eu.

— Defiro o protesto. Peço que a defesa reformule a pergunta. Ela é claramente tendenciosa.

Como de costume, as decisões de Willian Marshall eram sempre irretocáveis e imparciais, já que pautadas exclusivamente na técnica jurídica.

— Senhor Murphy, o que estou querendo perguntar é: seria possível que a pessoa que matou Patrick o tenha feito usando uma luva de látex, para não deixar as suas impressões digitais na arma do crime, que já na mesma estavam aquelas pertencentes à acusada?

— Sim, doutor. É possível.

— Sem mais perguntas, Excelência!

A promotoria, em nova inquirição cruzada da sua testemunha, lançou mão de subterfúgios, na tentativa de apagar da memória dos jurados o que Adam havia provado poucos minutos antes, mas os esforços do promotor foram em vão, segundo Adam e Rebecca me asseguraram posteriormente.

Terminado o depoimento da última testemunha de acusação, foi declarado o recesso, para lanche, e, quando retornamos ao plenário do júri, a acusação deu início à fase de análise das provas documentais, sendo a primeira delas as fotografias tiradas na cena do crime.

As fotos de Patrick com a jugular dilacerada e sangue jorrado por todas as partes do seu corpo estampavam o telão do tribunal, causando repulsa em todos os presentes, inclusive em mim mesma.

As imagens eram grotescas e inevitavelmente todos os que para elas olhavam desviavam os seus olhares em seguida, em reprovação.

Uma das juradas passou mal ao ver uma das fotografias ampliadas do pescoço da vítima e teve de ser retirada às pressas do plenário, fazendo com que o juiz Marshall declarasse por encerrada a sessão de julgamento daquele dia. Até aquele momento, aquela era sem sombra de dúvidas a pior parte do julgamento.

Na manhã do dia seguinte, a acusação iniciou os seus trabalhos novamente explorando as fotografias do corpo da vítima no telão, assim como outras tantas tiradas na cena do crime. Dessa vez, no entanto, ninguém passou mal.

Dando continuidade aos seus trabalhos, o promotor apresentou aos jurados a arma do crime - uma faca de cozinha - e explorou o fato de a minha impressão digital ter sido encontrada no objeto, como era previsto. Os jurados anuíam a cada frase dita pela acusação, o que, sem dúvida alguma, era um mau sinal.

Em todas as minhas manifestações de angústia e desespero, procurei acalmar-me com o olhar doce e afável da Dara, que não faltou nem um dia sequer ao julgamento. Também pude contar com o Adam, que, a todo momento, se apegando à técnica jurídica, me afirmava que tudo estava caminhando de maneira previsível.

Finalizada a fase de análise de provas, a acusação apresentou o seu discurso de encerramento, no qual, ao contrário do que eu estava esperando, o promotor fora bastante comedido na sua fala. Seus passos, na frente do quadrante dos jurados, já não eram mais tão firmes e pesados. Tampouco o seu tom de voz era acusatório e raivoso, como havia sido no seu discurso de abertura do julgamento, pelo menos era essa a minha impressão.

Em seguida, o juiz Marshall deu a palavra à defesa. Era chegada a hora de Adam brilhar.

– Quatorze –

— Senhores e senhoras do júri: primeiramente, quero agradecer-lhes o tempo que estão dedicando ao nobre serviço da Justiça.

Os jurados sorriram e anuíram timidamente. Como o inegável *gentleman* que era, Adam iniciara bem o seu discurso.

— Me chamo Adam O'Brien e, como já sabem, sou o advogado de defesa da acusada Olívia Ryan. Por meio das teses que serão apresentadas às vossas senhorias ao longo do julgamento, a defesa comprovará que a ré não é e nunca foi uma mulher fria, ingrata e calculista, como a mídia a vem rotulando e como a acusação quer que acreditem. Atemorizada? Ameaçada? Introspectiva? Sofrida? Isso com certeza!

Caminhando de um lado para o outro da sala, Adam parou e continuou a sua fala, olhando de modo afiado para os jurados.

— A defesa comprovará que Olívia Ryan, desde os doze anos de idade, viveu um relacionamento abusivo com o seu tio Patrick, que a humilhava, xingava e a ameaçava de colocá-la na rua, além de obrigá-la, dia após dia, a se deitar com ele, para saciar a sua lascívia. Frise-se, senhoras e senhores, tudo isso começou quando ela tinha apenas doze anos de idade, uma criança, portanto, que vivia sob o teto do seu tio, que deveria protegê-la e lhe dar amor, em vez de agredi-la física e mentalmente.

Os semblantes dos jurados, antes tranquilos, deram lugar à indignação. Após uma estratégica pausa, Adam, então, continuou a sua fala.

— A ré vivia aterrorizada. Tinha medo de ser estuprada, espancada, humilhada e, o pior, escorraçada do seu próprio lar, onde deveria se sentir segura e amada. Olívia não tinha a quem recorrer. Todos aqueles que deveriam lhe proteger estavam mortos: seus pais e a sua tia Anne.

Adam se afastou do quadrante dos jurados e caminhou até a bancada da defesa. Tomou um gole de água, consultou as anotações que Rebecca, sua assistente, havia feito em um papel e retornou para o local onde os jurados se encontravam.

Os espectadores presentes na sala não desgrudavam os olhos do brilhante e astuto advogado. Estavam encantados com a sua boa oratória e performance irreparável. Adam, definitivamente, era bom no que fazia e era inebriante ver a sua atuação no Tribunal. Ele sabia comandar o seu show como ninguém.

— A defesa também provará que nem mesmo a morte da sua esposa, tia da acusada, fez com que o Patrick parasse de abusar da sua sobrinha, abusos estes que somente se findaram quando a ré, carregando o seu filho no ventre, decidiu fugir, na tentativa de dar uma vida digna ao seu bebê. A vida que ela não teve.

Nesse momento, notei que as juradas manifestaram concordância com suas cabeças, indicando que Adam as estava conquistando.

— Por fim, a defesa provará que, na mesma madrugada em que Patrick foi morto, a acusada foi encontrada desacordada no meio da rua, gravemente ferida e ensanguentada, por conta dos inúmeros golpes desferidos por ele, na tentativa de impedi-la de fugir. Provará, ainda, que o bebê que a ré carregava no ventre não sobreviveu aos ataques, vindo a abortá-lo. E que a acusada correu risco de vida, em virtude da hemorragia que sofreu em decorrência do aborto.

Após nova pausa estratégica, Adam continuou com um tom de voz um pouco mais brando.

— Senhoras e senhores, Olívia Ryan tinha todos os motivos para ter assassinado Patrick. Mas ela não o fez, e isso é o que a defesa irá provar ao longo desse julgamento. Peço, no entanto, que, antes de avançarmos com a nossa defesa, esqueçam a imagem da Olívia criada pela impressa e pelas mídias sociais e formulem as suas próprias opiniões sobre o seu caráter, com base nas evidências e informações que os municiaremos durante a exposição das teses de defesa. Antes mesmo de um julgamento formal, a imprensa já a condenou. Peço encarecidamente que não façam o mesmo neste Tribunal e que façam Justiça! Obrigado.

Dito isso, Adam se virou e caminhou em direção ao seu assento na bancada da defesa. Pude notar em seu semblante que ele estava satisfeito com a reação dos jurados ao seu discurso de abertura. Eu com certeza estava.

Era chegada a hora de ouvir as testemunhas de defesa e Adam convocou duas garçonetes que trabalharam comigo no pub, para deporem sobre a minha personalidade e o meu caráter. A despeito de não terem feito uma descrição minha como sendo uma pessoa fria e calculista, mas sim reclusa e introspectiva, pouco contribuíram, o que nos gerou certa frustação. Finalizada a oitiva da segunda testemunha, o juiz Marshall deu por encerrada a sessão de julgamento daquele dia. Estávamos todos exaustos e o recesso veio a calhar.

Antes, no entanto, do meirinho me conduzir à cela, elogiei Adam pela sua atuação, e pude ver que muito lhe agradou, já que sua face ficou rosada ao ouvir o meu comentário, fazendo com que ele ficasse ainda mais charmoso. Guardei essa imagem na minha memória e a puxei diversas vezes naquela noite antes de adormecer; quando dela me lembrava, conseguia esquecer, ainda que por alguns instantes, que eu estava em meio a um julgamento por um crime que não cometi.

Iniciada a sessão de julgamento na manhã seguinte, a defesa deu continuidade à oitiva de suas testemunhas, sendo que os depoimentos das três últimas foram, sem sombra de dúvida, os mais importantes e reveladores.

— A defesa chama Nora Black — disse Adam em pé, em alto e bom som.

Nora caminhou calmamente pelo corredor de entrada da sala do tribunal que a levava ao banco das testemunhas. Sentada, prestou o juramento de dizer a verdade, o qual foi seguido das advertências de praxe quanto ao crime de perjúrio.

O tempo não havia sido generoso com Nora. "Talvez fossem os fios de cabelos grisalhos, antes pintados, que a tenham envelhecido", pensei. Notei que o seu rosto estava cansado e o seu olhar, antes iluminado, estava opaco. Logo que se sentou, seus olhos procuraram os meus e, quando os encontrou, ela sorriu alegremente. Pude ver, no entanto, que a doçura não a havia abandonado.

— Senhora Black, poderia nos informar de onde conhece a acusada?

— Há muitos anos frequento o pub em que Olívia trabalhava. E, desde o seu primeiro dia de trabalho como garçonete, ela me serviu — a testemunha esclareceu.

— E com qual frequência a senhora costumava ir ao pub da vítima?

— Pelo menos duas vezes por semana. Sou uma frequentadora assídua do local — disse a senhora orgulhosa.

— Então, podemos afirmar que, salvo raras exceções, a senhora era atendida duas vezes por semana pela ré no pub, correto?

— Sim, correto.

— Posso presumir que a senhora a conheça?

— Protesto, Excelência — disse a acusação.

— Protesto indeferido. Não vejo nenhuma violação à lei, senhor Ó'Connor. Prossiga, senhora Black.

— Sim, eu a conheço.

— E a senhora a descreveria como sendo uma pessoa fria, calculista e ingrata?

— Não, jamais. Apesar de tímida e retraída, pude constatar, no primeiro contato que tive com Olívia, que ela é doce e possui uma inocência genuína. Sempre tive a impressão que seus olhos carregavam uma vida de dor. Hoje eu sei o porquê.

— Protesto, Excelência. A testemunha está depondo sobre a sua opinião íntima — disse o promotor, demonstrando a sua insatisfação.

— Protesto deferido. Peço à testemunha que se abstenha de relatar as suas impressões e se apegue somente aos fatos, exatamente como ocorreram. Prossiga, senhora Black.

— Olívia era obediente ao seu tio. Não foram raras as ocasiões em que estive no pub e a presenciei obedecendo às rígidas ordens dadas por ele, sem jamais questioná-las ou deixar de cumpri-las — disse Nora, olhando atentamente para Adam, que se preparava para a próxima pergunta.

— A senhora sabia que Olívia estava grávida?

— Sim, notei logo quando a barriga começou a aparecer. Tive cinco filhos, então eu sei bem como as coisas funcionam.

As juradas presentes se entreolharam e sorriam, em razão do comentário da testemunha.

— E a senhora sabia quem era o pai da criança?

— Não. Mas eu imaginei que pudesse ser o Patrick.

— Protesto. Protesto, Excelência! — nitidamente, o promotor estava furioso com o rumo que aquele depoimento estava tomando.

— Protesto deferido. Senhora Black, peço mais uma vez que a senhora se atente aos fatos, excluindo do seu testemunho as suas conclusões íntimas, o que não é permitido pelas leis irlandesas. Prossiga a defesa — disse o magistrado, após respirar profundamente.

— Por acaso a senhora chegou a questioná-la, à época, quem seria o pai do bebê?

— Sim. E quando o fiz, ela se desesperou. Me lembro de ela ter derramado o copo que estava em cima na mesa e o pano de limpeza que estava em uma de suas mãos. Típica reação de quem está nervosa, ao meu ver. E quando, então, ela percebeu que eu imaginava quem seria o pai, me implorou para que eu não contasse a ninguém. O modo como ela olhou o seu entorno me fez pensar que o pai da criança era alguém que trabalhava no pub, mas foi o seu olhar, aterrorizado e sem vida, que me revelou que era o Patrick. Sou velha, doutor, já vi de tudo um pouco nessa vida.

— Protesto, Excelência. Novamente a testemunha está presumindo os fatos — disse a acusação.

— Deferido. Vá direto ao ponto, doutor, e termine logo com a inquirição da sua testemunha. Já estou perdendo a minha paciência — disse o juiz Marshall, olhando firmemente para Adam.

— E o que a senhora fez quando soube da gravidez da ré?

— A minha primeira reação foi separar em um envelope toda a quantia que eu tinha disponível na minha bolsa e dá-la à Olívia. Ela é uma boa menina e acreditei que ela saberia o que fazer com o dinheiro. Eu queria ajudá-la a cuidar do bebê ou ao menos dar opções a ela — com um olhar triste, Nora pausou a sua fala.

— Naquele mesmo dia, quando eu fui me deitar, concluí que eu deveria me aproximar de Olívia, de modo a tentar persuadi-la a denunciar Patrick, pelos abusos que eu acreditava que ela vinha sofrendo. Achei que, se eu a apoiasse, as coisas poderiam ser mais fáceis para ela. Por isso, no dia seguinte, eu fui ao pub, determinada a lhe ajudar, mas, infelizmente, ela não tinha ido trabalhar.

— Sem mais perguntas, Excelência — Adam pareceu satisfeito com o depoimento da senhora Black. E, se Adam estava satisfeito, eu também estava.

Dada a palavra à acusação para inquirição cruzada, o promotor indicou que não tinha perguntas a fazer. Isso era um ponto positivo, segundo Adam havia me revelado, em meio à troca de informações com a sua assistente Rebeca.

Nora se levantou e me olhou com ternura, depois se virou e caminhou em direção à saída do tribunal. Eu retribuí o seu olhar com igual ou mais doçura, pois era o mínimo que eu poderia fazer por aquela boa alma. Poucas foram as pessoas que me ajudaram na vida sem querer nada em troca, e ela certamente era uma delas. E eu deveria ser grata para todo o sempre.

Adam novamente levantou e se pronunciou:

— A defesa chama Jack Clarke para depor.

Jack Clarke caminhou confiante pelos corredores do plenário. Não era o seu primeiro, tampouco o último depoimento como testemunha em um júri. Portanto, não estava intimidado ou amedrontado, haja vista que estava apenas cumprindo o seu dever, como tantos outros.

— Senhor Clarke, o senhor foi o responsável pela voz de prisão da ré?

— Sim, senhor.

— E o senhor poderia nos descrever como a acusada reagiu à voz de prisão?

— Quando da entrega do mandado de prisão, a ré ainda estava se recuperando no hospital dos ferimentos e do aborto que havia sofrido. O seu quadro de saúde estava estável, segundo me disseram na enfermaria, o que viabilizou o cumprimento do mandado. Quando eu a entreguei a ordem de prisão e informei sobre o assassinato da vítima, Olívia Ryan ficou feliz em saber que Patrick estava morto. Me lembro dela ter dito algo como: "Ele está morto? Então estou livre!". Confesso que achei estranha a sua reação, mas não foi a primeira vez que ouvi coisas estranhas ou desconexas, quando do cumprimento de um mandado.

Observei que os jurados absorviam cada palavra dita pelo policial. E essa reação também não passou despercebida ao Adam e à Rebecca.

— E no dia em que o senhor foi buscá-la no hospital, para conduzi-la à penitenciária, como ela lhe pareceu?

— Protesto, Excelência! Tal informação é irrelevante para a causa — disse o promotor, irritado.

— Protesto indeferido. Quero ver até onde a defesa quer chegar com o depoimento da testemunha. Prossiga, senhor Clarke.

— Ela estava tranquila. Não parecia nervosa, nem triste. Estava normal.

— Certo. E com base na sua experiência profissional, o senhor poderia afirmar que a sua reação era dissimulada?

— Não. Me pareceu bastante genuína.

— E ainda com base na sua vasta experiência profissional, o senhor poderia afirmar que é essa a reação de uma assassina?

— Protesto, Excelência! A defesa quer induzir a testemunha! — disse a acusação, já em tom de desespero. O testemunho do policial Clarke certamente não lhe era favorável, e a acusação tinha que evitar o seu prolongamento o quanto antes.

— Protesto indeferido — disse o juiz Marshall, para a surpresa de todos os presentes, inclusive do Adam. — Quero saber o que o policial tem a dizer. Prossiga novamente, senhor Clarke.

— Não acredito que ela o tenha matado, se é isto que está me perguntando.

— Protesto! Protesto, Excelência! — disse Chris Ó'Connor já aos berros, levantando-se bruscamente da sua cadeira, a qual veio a cair, fazendo o barulho da queda ecoar pela sala do tribunal.

— Sem mais perguntas, Excelência — disse Adam, sem conseguir disfarçar o sorriso que brotava em seu rosto, enquanto retornava ao seu assento.

O juiz Marshall novamente fez uso do martelo, para restabelecer a ordem no tribunal, e disse:

— Protesto deferido.

Em seguida, o magistrado ordenou que a escrevente de sala retirasse da pauta dos autos o último depoimento prestado pelo policial Jack Clarke. Mas, por mais que a fala fosse apagada dos autos, ela não seria apagada das mentes dos jurados.

Assim, de modo a acalmar os ânimos de todos os presentes no tribunal, Marshall determinou um recesso de quinze minutos. Quando retornamos, notei que o magistrado parecia ainda mais cansado do que antes do recesso, como todos, aliás.

— A defesa deseja inquirir mais alguma testemunha, doutor O'Brien? — questionou o nobre juiz.

— Sim, Excelência. A defesa convoca a senhora Dara Miller para sentar-se ao banco das testemunhas.

Dara entrou na sala do júri esbanjando confiança. Ela vestia uma saia longa azul marinho, uma blusa branca e uma jaqueta da mesma cor. Eram raras as vezes que eu a via sem o uniforme do hospital e não pude deixar de reparar o quanto a vestimenta informal lhe favorecia e rejuvenescia. Ao se sentar, observei que ela estava tranquila e parecia saber exatamente o que deveria dizer. Muito provavelmente Adam a instruiu, pensei comigo mesma. Advertida, a defesa deu início à sua inquirição.

— Senhora Miller, poderia nos informar de onde a senhora conhece a acusada?

— Sou enfermeira no General Hospital em Naas, hospital em que Olívia foi levada após ter sido encontrada desacordada e gravemente ferida. Foi lá que eu a conheci.

— E a senhora cuidou da ré desde o momento em que ela foi levada para o hospital?

— Sim. Cuidei da Olívia desde a sua internação até a alta, que foi o mesmo dia em que ela foi conduzida à penitenciária feminina, pelo policial Jack Clarke.

— Correto. A senhora poderia nos informar qual era o estado de saúde da ré, quando ela chegou aos seus cuidados?

— Ela estava desacordada e bastante ferida. Seu rosto estava desfigurado e muito ensanguentado, por conta das agressões sofridas. Também observamos que ela havia perdido muito sangue, em razão do aborto sofrido.

— E como a ré reagiu quando recobrou a consciência e soube das agressões sofridas e do aborto?

— Quando soube do aborto, Olívia ficou desesperada. Por um bom tempo, tive a nítida impressão de que ela havia desistido de viver. Estava depressiva, uma reação normal nesse tipo de situação. Quanto aos cortes em seu rosto, ela não deu muita importância. Pobre menina, não tinha mais vontade de viver depois de tudo o que seu tio havia lhe feito.

Adam ofereceu à Dara um lenço de papel, para que ela enxugasse as lágrimas que escorriam em seu rosto, enquanto depunha.

— Protesto, Excelência! — berrou o promotor de justiça.

— Protesto deferido. Advirto a testemunha para que as suas respostas se limitem às perguntas feitas pela defesa, deixando de lado suas opiniões íntimas. Continue, doutor O'Brien — árdua era a tarefa do magistrado de tentar limitar as falas das testemunhas aos fatos.

— Durante o tempo em que permaneceu internada no hospital, a acusada, porventura, lhe contou algum detalhe sobre a noite em que fora agredida?

— Não. Ela jamais tocou no assunto. Parecia que ainda não estava preparada para falar. E coube a mim apenas respeitar.

— Há quantos anos é enfermeira, senhora Miller?

— Há nove anos.

— E com base nas suas experiências profissionais anteriores, a senhora poderia nos dizer se a ré era vítima de violência doméstica?

— Protesto! Protesto! — disse Chris Ó'Connor enraivecido. Não era a primeira vez que Adam o enfurecia com suas perguntas tendenciosas.

— Peço à acusação e à defesa que se aproximem da minha bancada — disse o magistrado, após bater o martelo firmemente em sua mesa, em represália à desordem que se formou naquele momento no tribunal. Quando novamente se fez silêncio no plenário, Marshall olhou com certa curiosidade para Adam e disse:

— Doutor O'Brien, onde quer chegar com esse tipo de pergunta?

— Excelência, acredito que a experiência profissional da testemunha possa vir a contribuir para a tese da defesa de que a ré vivia um relacionamento abusivo com o seu tio. Como Patrick e Olívia não têm parentes vivos, tampouco tinham uma vida social, não tenho como produzir essa prova senão com o depoimento da senhora Miller.

Ignorando os protestos que estavam sendo feitos reiteradamente pelo promotor Chris Ó'Connor, o juiz Marshall parecia estar perdido em seus pensamentos. Marshall era conhecido pela boa técnica, mas, acima de tudo, era respeitado por ser imparcial e, portanto, justo. Nitidamente, ele estava avaliando os prós e contras da eventual resposta que a testemunha iria dar à pergunta da defesa e concluindo se, em nome da Justiça, valeria a pena levá-la adiante.

— Doutor O'Brien, eu vou permitir que o senhor prossiga com a inquirição da sua testemunha. Quero ver onde ela irá nos levar. Mas devo adverti-lo, mais uma vez, que eu não irei tolerar qualquer tipo de desrespeito nessa Corte. Protesto indeferido, portanto. Favor constar dos autos — ordenou o juiz à escrevente da sala.

— Mas... — estava dizendo a acusação, quando o juiz Marshall o interrompeu abruptamente.

— Doutor Ó'Connor, o que se busca neste tribunal, acima de qualquer coisa, é a aplicação da Justiça. De nada adianta a boa técnica jurídica, se um inocente for enviado injustamente à prisão. Se a prova do relacionamento abusivo não puder ser realizada senão por meio do depoimento da enfermeira Miller, então acredito que teremos de ouvi-la, ainda que a contragosto, sob pena de cometermos uma injustiça, o que julgo inadmissível nessa Corte. Agora, voltem aos seus lugares, por favor. Senhora Miller, prossiga com a resposta.

— Sim, doutor. Tenho certeza que a Olívia vivia um relacionamento abusivo com Patrick, física e mentalmente, e que o bebê que ela carregada no ventre, o qual abortou em razão das agressões sofridas, era dele. Pobre alma — ao pronunciar essas palavras, Dara, mais uma vez, desatou a chorar copiosamente.

— Sem mais perguntas, Excelência — Adam permaneceu em pé ao lado de Dara, de modo a tentar acalmá-la. E, quando isso aconteceu, voltou ao seu local da bancada da defesa.

Dada a palavra à acusação, não houve manifestação de desejo de contra inquirição da testemunha Dara Miller, pois ficou claro que nada que ela dissesse iria favorecer a promotoria.

Diante do avanço das horas, o juiz Marshall declarou encerrada a sessão de julgamento daquele dia.

Antes, no entanto, de me conduzirem à cela, Adam me pôs a par dos assuntos que estavam sendo abordados pela mídia sobre o julgamento.

— Você não está sendo mais rotulada como fria e calculista, o que acreditamos que seja uma coisa boa — disse, bastante animado. Adam, então, franziu o cenho.

— Olívia, amanhã será o dia mais importante dia do julgamento. Nele você dará o seu depoimento, podendo contar a sua versão dos fatos. Repassamos as suas falas diversas vezes e espero que isso a tenha dado confiança. Você está preparada? Ainda dá tempo de desistir, se você achar que é caso, está bem?

— Não vou desistir, Adam. Estou preparada e confiante para depor. Pela primeira vez eu terei a oportunidade de contar-lhes a minha triste história de vida.

Adam me fitou fixamente e pousou a sua mão sobre a minha, acariciando-a em seguida. O seu carinhoso gesto me confortou. Ele compreendia a minha dor e parecia se compadecer dela. Adam, melhor que ninguém, conhecia a minha história.

— Descanse, Olívia. Até amanhã.

— Até amanhã, Adam, e obrigada por tudo o que tem feito por mim.

- Quinze -

Mais um dia de julgamento se iniciara e o plenário do júri estava ainda mais abarrotado de gente que nos dias anteriores. Além dos curiosos de costume, notei que empregados do pub estavam presentes na sala, o que fez com que eu ficasse ainda mais nervosa, pois eles me julgariam também. Desviei o meu olhar para o quadrante dos jurados, os quais aparentavam estar exaustos, antes mesmo de os trabalhos daquele dia começarem. Observei, entretanto, que duas juradas, Maria e Sarah, me olhavam fixamente com olhos piedosos, enquanto os demais desviaram os seus olhares, em sinal de reprovação.

Debruçado sobre a mesa, Adam repassava algumas anotações com a sua assistente Rebecca. Ambos estavam compenetrados. Nenhuma fala poderia ser em vão; qualquer erro de estratégia poderia custar um alto preço para a defesa: a minha liberdade. Decidi não os interromper. Tanto Adam quanto Rebecca estavam esgotados e notei que ambos vestiam as mesmas roupas do dia anterior, apenas as camisas eram diferentes. "Muito provavelmente passaram a noite em claro, estudando o caso", pensei.

— Todos em pé para receber o excelentíssimo senhor doutor juiz presidente do tribunal do júri, Doutor Willian Marshall! — disse o meirinho, dando início, assim, a mais um dia de julgamento.

O magistrado entrou e se sentou. Compulsou alguns dos documentos que estavam sobre a sua mesa e, em seguida, Adam pediu ao juiz permissão para se aproximar da bancada.

— Aproximem-se a defesa e a acusação — determinou o magistrado.

— Excelência, eu gostaria de fazer uso do telão da corte, para mostrar aos jurados os croquis feitos pela defesa sobre os possíveis trajetos percorridos entre o local em que a ré foi encontrada desacordada e o local em que o corpo do Patrick fora achado sem vida, de modo a calcular o tempo do percurso.

— A acusação tem alguma objeção?

— Não, Excelência.

— Então voltem aos seus lugares — dito isso, Marshall determinou à escrevente de sala que providenciasse o necessário para o funcionamento do telão.

Com as imagens no telão, Adam começou o seu show. Os jurados somente desviavam os olhares da tela quando ele lhes explicava algo. Como um maestro, no ápice de sua melhor regência, Adam orquestrava os olhares dos jurados, que a todo instante concordavam com suas cabeças diante das suas falas. Ele os embebecia com suas palavras e, sem que eles se dessem conta, estavam convencidos da tese apresentada pela defesa. Ao final, a conclusão era geral: era humanamente impossível eu ter assassinado o Patrick e ter me deslocado a tempo para o local em que eu fui encontrada desacordada no outro ponto da cidade, fosse qual fosse o trajeto que eu tivesse feito e o modo que eu tivesse utilizado para me deslocar.

Terminada a sua exposição, Adam retornou ao seu lugar na mesa da defesa e comunicou ao juiz Marshall que se dava por satisfeito com a fase de impugnação de provas documentais, oportunidade que o magistrado determinou um recesso no julgamento, para lanche. E, quando retornássemos, seria a minha vez de depor.

— A defesa chama Olívia Ryan para testemunhar.

Todos os presentes no tribunal, sem exceção, voltaram os seus olhares curiosos para o local onde eu estava sentada. Ao me levantar e caminhar em direção à cadeira das testemunhas, me senti nua, mesmo estando vestida. Ainda que insegura e assustada, eu não podia desistir, pois estava ciente da importância do meu testemunho para a minha defesa. Eu tinha que ir em frente, custasse o que custasse. Era a hora de eu contar a minha versão dos fatos. A única versão verdadeira.

Com as mãos trêmulas e minha boca seca, eu me sentei e imediatamente procurei em meio à multidão os olhos da Dara; quando os encontrei, me acalmei. Eu havia me apegado emocionalmente à Dara e isso ficou óbvio para mim durante o julgamento. Seu apoio era fundamental naquele momento. Sentada, Adam se dirigiu até mim.

— Senhora Ryan, poderia, por favor, nos contar como foi que conheceu Patrick Ó'Neill — era, então, chegada a hora de eu dizer a todos a verdade. Os espectadores aguardavam ansiosos pela minha fala.

— Meus pais morreram quando eu tinha apenas três meses de idade. A tia Anne, meu único parente vivo à época, me adotou. Quando eu completei sete anos, ela se casou com Patrick. Alguns anos depois, ele passou a agredi-la verbal e fisicamente. Foram anos muito difíceis para mim, devo dizer. Quando a tia Anne descobriu que estava doente, tudo se agravou. Como ela se sentia cansada boa parte do tempo, não tinha mais condições de se deitar com o Patrick e, por isso, ela ordenou que eu o fizesse, pois, caso contrário, ele nos despejaria da casa, segundo me contou. Ela me disse que gostaria de ter uma morte digna. E, naquele momento, a sua ordem me pareceu justa. Eu tinha apenas doze anos. Era uma criança.

Enquanto eu contava a minha história, era como se um filme da minha vida passasse rapidamente em minha mente. Eu me lembrava de detalhes, como o corpo pálido e frágil da tia Anne, o abajur aceso à meia luz em seu quarto, os seus olhos completamente sem vida e a sua fala mansa, quando a doença a havia consumido. Desatei a chorar de forma compulsiva, como eu nunca havia feito antes. Chorei até não ter mais lágrimas para rolar em meu rosto. Adam, compadecido da minha dor, se aproximou e me entregou um pacote de lenços de papel. Eu olhava fixamente para o chão, para não ter de encarar ninguém, tamanha a vergonha que sentia. Mas eu tinha que prosseguir...A minha liberdade dependia do meu testemunho e não havia tempo para lamúrias ou auto piedade. Me recompus e continuei a narrar a minha triste história de vida.

— Eu jamais questionei as ordens da minha tia. E aquela dada no seu leito de morte não seria a primeira. Eu apenas obedecia, como toda boa menina deve fazer. Era assim que eu pensava e era assim que achava que deveria agir. Posso afirmar que fui abusada durante longos cinco anos; dia após dia, sem compaixão. Foi então que engravidei. Como eu tinha guardado toda a gorjeta que havia ganho durante o tempo em que trabalhei no pub, como garçonete, acreditei que fugir era uma boa forma de pôr um ponto final àquele círculo abusivo ao qual estava presa. Quando recebi da senhora Nora um envelope com uma vultuosa quantia, não pensei duas vezes em pôr em prática o meu plano de fuga naquele mesmo dia.

Fiquei em silêncio. Olhei o entorno, observando tudo e a todos pela primeira vez desde que eu havia me sentado no banco das testemunhas. Todos, sem exceção, me olhavam fixamente, aguardando o desfecho da minha narrativa. Desviei o meu olhar para o Adam, que fez um gesto para que eu prosseguisse.

— E foi exatamente o que eu fiz. Naquela noite, quando Patrick dormiu, peguei as poucas coisas que eu tinha separado no dia anterior e fugi pela janela do meu quarto. Todavia, quando atingi a superfície, escutei alguém me chamar e, quando me virei, levei o primeiro golpe, o qual foi o primeiro de muitos outros chutes e socos que levei naquele dia. Eu implorava para que ele parasse, para que ao menos poupasse o meu bebê. Eu implorava pela sua vida, tentando ao máximo proteger a minha barriga dos pontapés que estava levando, mas de nada adiantava. Patrick estava enraivecido, como eu nunca o via visto antes. Seus olhos estavam vermelhos de fúria. Ele parecia um animal selvagem, tentando ferir ao máximo a sua presa. E quanto mais eu lhe implorava para que não chutasse a minha barriga, mais ele o fazia. "Não, por favor, não machuque o meu bebê...", eu dizia a todo instante. Depois disso, não lembro de mais nada. Simplesmente apaguei.

Em posição fetal, eu ainda repetia as súplicas que fiz ao Patrick naquele dia. Eu chorava compulsivamente, enquanto movia o meu corpo para frente e para trás, como modo de me proteger, de proteger o bebê. Deslizei, então, as minhas mãos sobre a barriga, acariciando-a, como se o meu filho ainda estivesse lá. Durante alguns minutos, os quais pareceram uma eternidade, nada foi dito no tribunal. Ninguém se movia e somente as suas respirações, por serem involuntárias, é que podiam ser ouvidas.

— Declaro um recesso de quinze minutos, para que a ré se recomponha — falou o magistrado, que, assim como os demais ali presentes, estava nitidamente compadecido do meu sofrimento.

Enquanto Adam, que se postava ao meu lado, tentava me acalmar, notei que alguns membros do corpo de jurados também estavam chorando e outros tantos me olhavam com expressões de tristeza e piedade, e não mais acusatórias ou discriminatórias, como outrora o fizeram. Desviei o olhar para o chão, pois eu estava demasiadamente envergonhada para fitá-los. A não ser ao Adam, eu jamais havia contado a minha história para ninguém. Fui criada para não revelar detalhes da minha intimidade a terceiros. E revelá-los para tamanha plateia me deixou assustada, mas, ao mesmo tempo, estranhamente me senti aliviada.

Quando, então, retornamos do recesso, a defesa informou que se dava por satisfeita quanto ao depoimento que eu havia prestado, não tendo, portanto, outras perguntas a fazer. Foi então que o juiz Marshall deu a palavra à acusação.

O promotor se levantou e rumou confiante em minha direção. Podia-se ouvir o barulho da sola do seu sapato, enquanto caminhava, tamanho era o silêncio que se fazia na sala. Enquanto eu acompanhava os seus passos, estranhamente percebi que eu não me sentia acuada ou amedrontada, mas sim tranquila e em paz, já que era a primeira vez que eu contava para estranhos a minha história, a qual eu tinha vergonha e pela qual eu fui ameaçada, dia a pós dia, de não fazê-lo, sob pena de assumir drásticas consequências.

Ao se aproximar do banco das testemunhas, Cris Ó'Connor, que carregava em uma das suas mãos um pacote com lenços de papel, olhou fixamente em meus olhos e os ofereceu. Não recusei. Para agradecer-lhe, levantei lentamente a minha cabeça que, como de costume, estava voltada para o chão e, quando os nossos olhares se encontraram por alguma fração de segundo, o seu era tão afiado, tão profundo, que podia penetrar em minha alma e encontrar a minha dor. Naquele momento, tive a impressão de que estávamos a sós, que éramos apenas ele e eu.

E assim permanecemos por um algum tempo, sem que desviássemos os nossos olhares, até que o promotor, rompendo abruptamente o contato visual com um tímido sorriso e aceno, se virou para o magistrado e anunciou:

— A acusação não tem perguntas para a ré, Excelência.

Cris Ó'Connor surpreendeu a todos os presentes na Corte com a sua declaração. Via de regra, nesse tipo de julgamento, a promotoria costuma sabatinar o acusado, segundo eu havia sido alertada em uma das inúmeras conversas que tive com o Adam, quando nos preparávamos para o meu testemunho. Mas não foi isso que o promotor optou por fazer e eu poderia apostar que isso se deu em razão da nossa troca de olhares.

Após o seu pronunciamento perante o magistrado, o promotor caminhou até a sua mesa e se sentou. Seu olhar estava vazio, mas seu semblante exprimia paz, sensação de dever cumprido.

O juiz Marshall, ainda compadecido do genuíno sofrimento que eu sentia naquele momento, declarou encerrada a sessão de julgamento. Todos levantaram em silêncio, arrebatados com a fumaça de tristeza que haviam inalado na nebulosa sala do tribunal.

– Dezesseis –

Era o último dia de julgamento e Adam não conseguia disfarçar a sua inquietude, por mais que estivesse nitidamente tentando.

— Olívia, ontem não tivemos tempo de nos falar depois do julgamento. Eu precisei sair o quanto antes, para preparar o meu discurso de encerramento. Contudo, quero que saiba que você se saiu muito bem no seu testemunho. A bem da verdade, foi bem melhor do que estávamos esperando. Acredito que você tenha contribuído e muito para eventual sucesso que venhamos a ter nessa causa.

— Obrigada, Adam. Só disse a verdade, como você me orientou.

Ao ser instado a tanto pelo magistrado, que expressava certa empolgação com a proximidade do final do julgamento, Adam se levantou e deslizou levemente até o quadrante do corpo de jurados, exalando confiança e sabedoria, como de costume.

Era a última oportunidade da defesa se pronunciar formalmente no julgamento e de conectar os fatos às provas produzidas, e Adam havia se preparado e ansiava por aquele momento.

— Senhores e senhoras do júri, o trabalho da acusação e da defesa termina exatamente onde começa o de vocês. Sei que estão exaustos e querem voltar para o aconchego e à segurança dos vossos lares, bem longe de toda essa história da qual vêm sendo espectadores há dias.

Todos os jurados, sem exceção, manifestaram concordância com suas cabeças.

— Porém, vocês assumiram um compromisso cívico e legal, compromisso este do qual não podem agora se eximir. Como foram instruídos, após a minha exposição final, vocês serão recolhidos à sala secreta, onde proferirão o vosso voto, cumprindo, desse modo, o dever que assumiram perante à sociedade.

Os jurados balançavam a todo instante as suas cabeças, concordando com cada palavra que estava sendo dita pelo astuto advogado. Suas linguagens corporais revelavam que, de fato, eles estavam exaustos física e psicologicamente, e ansiavam pelo fim do julgamento e pelo cumprimento da obrigação que haviam assumido.

Adam retornou à bancada da defesa e tomou um gole do copo de água que ali estava. Os jurados o seguiram com seus olhares vidrados, atentos a cada um de seus movimentos, e ele os orquestrava com maestria. Adam parecia estar mais relaxado e descansado do que nos dias anteriores. Ele, então, arrumou os seus óculos, ajeitou a desconfortável peruca branca e deslizou suavemente até o quadrante dos jurados, para dar continuidade à sua exposição. Aquele era um palco onde Adam já estava acostumado a dar o seu show. E que show, devo dizer.

— Senhores e senhoras, tentarei ser breve, pois estou ciente do vosso esgotamento físico e mental. Antes, todavia, de eu finalizar o discurso de encerramento da defesa, quero relembrá-los de que, caso tenham uma dúvida razoável de que Olívia Ryan tenha, de fato, assassinado Patrick Ó'Neill, com base nos elementos e nas provas que lhes foram apresentados durante os cansativos e infindáveis dias que permaneceram sentado imóveis em suas cadeiras, vocês deverão inocentá-la, pois, se assim não fizerem, posso lhes assegurar que cometerão a maior injustiça já cometida contra essa pobre mulher, que não fez nada na vida a não ser sofrer.

Adam interrompeu abruptamente a sua fala, ao perceber que um dos jurados aparentava estar engasgado. Rumou até a bancada da defesa e pegou o copo de água que ali estava, levando-o, em seguida, ao homem, que muito lhe agradeceu o gesto, após ter se desengasgado com a água bebida. Naquele momento, o promotor debruçou-se sobre a sua mesa, dando sinais de que aquele singelo ato certamente conquistaria não apenas o jurado engasgado, mas outros tantos que o observava. Em seguida, Adam continuou o seu discurso:

— Patrick O'Neill foi assassinado. Isso é um fato incontestável e, contra fatos, não há argumentos, segundo premissa máxima do direito. O seu corpo fora encontrado sem vida e ao seu lado pousava a arma do crime — uma faca de cozinha, como vocês bem viram —, com as impressões digitais da acusada. Isso também é um fato incontestável. Todavia, a defesa comprovou, por meio do depoimento do perito criminal da polícia, que era perfeitamente possível que alguém, fazendo uso de uma luva de látex, tivesse pegado a faca, que continha as impressões digitais da acusada, e a tivesse usado para matar Patrick, sem que isso deixasse qualquer rastro seu ou apagado as digitais da ré. Não se pode negar que há, portanto, uma dúvida razoável quanto ao fato de que, ainda que as impressões digitais da ré tenham sido encontradas na arma do crime, isso não significa que tenha sido ela que o cometeu.

Os jurados pareceram concordar com a sua conclusão.

— De igual modo, a defesa provou, por meio do croqui que elaboramos e expusemos aos senhores, que, fosse qual fosse o meio de transporte utilizado pela ré, ela não conseguiria ter se deslocado em tempo hábil do local do crime até aquele em que fora encontrada desacordada, o que também nos leva a crer que há uma dúvida razoável em relação ao fato de ela ter sido a autora do crime.

Após uma pausa estratégica na fala, Adam continuou:

— Assim, se a lei criminal irlandesa é clara ao determinar que, havendo dúvida razoável, se deve inocentar o acusado, peço a vocês que votem pela inocência da ré, pois é isso que todas as evidências do caso nos revelam. Olívia Ryan sofreu a vida inteira. Viveu uma vida de injustiças e abusos físicos e mentais. Está na hora desse círculo vicioso acabar, e vocês têm em suas mãos o poder de pôr um ponto final nisso e mudar o destino da ré. Vocês têm o poder de deixá-la livre, tirando-lhe as amordaças da tristeza e dor, que um dia colocaram em sua vida. Soltem Olívia Ryan, para que ela possa, enfim, alçar serenes e alegres voos rumo à felicidade. Obrigado.

E assim Adam terminou o discurso da defesa, o qual causou forte impacto não apenas nos espectadores, mas também em mim. Em meio aos prantos, olhei para Rebecca, que, de igual modo, não conseguiu evitar que lágrimas brotassem em seus olhos. Com as bochechas molhadas das lágrimas que ali rolaram, ela sorriu, demonstrando estar satisfeita com o discurso do parceiro. E tinha que estar. Eu não podia estar melhor representada. Adam e sua equipe haviam feito uma excelente atuação no meu caso e era chegada a hora de colher os louros por tanto.

Enfim, o julgamento havia terminado e, a partir daquele momento, não tinha mais nada que a bancada de advogados que me representou pudesse fazer por mim. O meu destino estava nas mãos daqueles doze homens desconhecidos e cabia a mim apenas orar para que eles votassem com sabedoria.

Dando continuidade ao último dia de julgamento, Willian Marshall sumarizou o caso e perguntou aos jurados se eles estavam aptos a votar, sendo que todos foram unânimes em responderem que estavam preparados. O magistrado, então, passou a instruí-los quanto ao modo como a votação se processaria, relembrando-os que bastava a maioria dos votos, fosse a favor ou contra, para que obtivessem um veredito final. Por fim, os informou que qualquer dúvida técnica que porventura surgisse durante a votação, seria por ele dirimida prontamente.

Os jurados se levantaram e saíram, sem olhar para trás. E, em fileira indiana, doze cidadãos ordinários deixaram o plenário do júri e se dirigiram à sala secreta de votação, onde cumpririam os seus deveres de cidadãos. Marshall se levantou em seguida, despediu-se dos presentes e deixou a sua bancada, sob os olhares admirados de todos que ali estavam, inclusive o de Adam, que, sorridente, me encarou.

— Assim que os jurados chegarem a um veredito, o juiz nos avisará. Rebecca acredita que a votação não durará mais do que seis horas e eu concordo com ela. Você ficará bem, Olívia? — sua preocupação me pareceu genuína.

— Sim. Não há mais nada que possamos fazer a não ser aguardar, não é mesmo? — Adam concordou.

— Se cuide, Olívia! — e assim ele se foi.

Horas se passaram desde que os jurados se recolheram à sala secreta e nem sinal de que a votação estava prestes a se findar. A espera foi maçante, ao menos para mim. Minutos pareciam horas, e horas, dias, e naquele momento eu desejei mais do que nunca que eu tivesse o poder de acelerar o tempo.

Eu havia sido recolhida em um cômodo vazio anexo ao plenário do júri e lá estava desde quando os jurados foram conduzidos à sala secreta de votação. As paredes eram brancas e na sala havia apenas uma mesa e uma cadeira, na qual eu me sentava. A sala era gélida e inóspita, potencializando ainda mais os meus sentimentos de angústia e temor.

Os ponteiros do relógio pendurado na parede da sala indicavam seis e cinquenta da noite, quando o meirinho me comunicou que a votação havia chegado ao fim e que os jurados estavam prestes a retornar ao tribunal. Meu coração acelerou de tal forma que parecia que eu podia sentir os seus batimentos na minha boca. Com o corpo trêmulo, tentei me levar, mas titubeei, tamanho o nervosismo que sentia. O meirinho me chamou novamente, apressando-me. Era um caminho sem volta: era chegada a hora de eu enfrentar a minha sentença e, via de consequência, o meu destino.

    Quando adentrei na sala do tribunal, notei que atraí imediatamente a atenção dos repórteres e curiosos espectadores que ocupavam os longos bancos de cedro vermelho espalhados pelo local. Os murmurinhos cessaram imediatamente com a minha entrada e todos me olhavam com olhos afiados, o que fez com que eu me sentisse nua.

    Como de costume, assim que entrei no tribunal, procurei os olhos de Dara e quando os encontrei, me acalmei um pouco. Como um carinho de mãe, o seu olhar me acalentou e transmitiu um sentimento de paz, que era tudo o que eu precisava naquele momento. Com a cabeça baixa, caminhei até a mesa da defesa, onde Adam e Rebecca estavam sentados. Ele, então, se virou em minha direção e disse:

    — Quero que saiba que eu acredito na sua inocência, Olívia! — Adam não aparentava mais estar descansado e relaxado, como estava no começo do dia. Assim como fora para mim, acredito que a espera pela votação havia sido cansativa.

    — Obrigada, Adam. Isso significa muito para mim.

    De fato, significava. Confesso que, àquela altura, eu já havia superado a necessidade da sua aprovação. Todavia, era importante e até mesmo reconfortante saber que ele acreditava em mim.

    O juiz Marshall entrou no plenário do júri vestindo a sua beca preta imponente e a clássica peruca branca de crina de cavalo. Sentou-se à sua bancada e, após as saudações de praxe aos presentes, determinou que o meirinho convocasse os jurados, que ainda se encontravam recolhidos na sala secreta de votação.

    Quando uma porta lateral da sala se abriu, era possível ouvir os barulhos dos sapatos dos jurados que entravam no tribunal. Mesmo com olhares cansados, eles aparentavam estar tranquilos e aliviados com o cumprimento de seus deveres perante a sociedade. E o que teriam votado? Teriam votado pela minha inocência? Senti uma súbita necessidade de sair correndo, sabe-se lá para onde, mas, sem sombra de dúvida, para um lugar bem distante de onde eu estava. Mas isso estava fora de cogitação. Senti uma dor súbita no peito, como se fosse enfartar. Estaria o meu corpo desistindo? Não, eu não podia desistir. Tinha de enfrentar o meu destino, fosse ele qual fosse.

— Senhores e senhoras do júri, vocês chegaram a um veredito? — Marshall era o porta-voz da pergunta, cuja resposta todos os presentes naquela sala estavam curiosos e ansiosos para ouvir. Naquele momento, podia-se ouvir as respirações dos presentes, tamanho era o silêncio que se fazia naquela sala. Mathew, representante do corpo de jurados, se levantou e se pronunciou:

— Sim, Excelência.

— O senhor poderia ler o resultado em alto e bom tom, senhor Mathew? — o magistrado pousou os seus óculos de leitura sobre a mesa e olhou fixamente para o representante, tendo sido este último gesto imitado por todos no local.

— Sobre a acusação de assassinato em primeiro grau, o júri considera a acusada inocente.

Nesse momento, o silêncio, que antes reinava na sala do tribunal, cedeu lugar a burburinhos generalizados, que ecoaram aos quatro cantos da sala. Algumas pessoas comemoravam o resultado, outras se indignavam.

Quanto a mim, bom, eu não sei bem ao certo o que de fato senti ao ouvir a palavra "inocente". Lembro-me de ter tido a sensação de que o tempo parou por um instante, para que eu pudesse analisá-la e compreender o seu real significado. Eu entrei em uma espécie de transe, enquanto um filme da minha vida passava lentamente pela minha cabeça, com todas as cenas de abusos que sofri e das humilhações pelas quais fui submetida anos a fio. Lágrimas, portanto, foram inevitáveis. Mas, pela primeira vez, não brotaram por dor e tristeza, mas sim por alívio.

Tirando-me do transe, William Marshall bateu o seu ícônico martelo na mesa e ordenou que se fizesse silêncio no tribunal. Todos acataram a sua ordem, retornando aos seus assentos e se quedando silentes.

— A votação foi unânime, senhor Mathew?

— Sim, Excelência! — nitidamente, Mathew estava satisfeito com o resultado da votação.

— Diante da decisão proferida pelo corpo de jurados, eu declaro a acusada Olívia Ryan inocente da acusação de assassinato em primeiro grau de Patrick Ó'Neill e dou por encerrado o julgamento. Esta Corte se reunirá novamente amanhã, a partir das nove horas, para outras deliberações. Podem se levantar — disse o nobre magistrado, com um tímido sorriso estampado em seu rosto, enquanto recolhia alguns papéis que estavam espalhados pela mesa. Pude ver, quando o seu olhar cruzou o meu, que ele acreditou que a Justiça havia sido feita no meu caso.

— Olívia, Olívia, você está livre! — seus olhos estavam vívidos e brilhantes. Sorrindo, Adam se jogou em meus braços, que estavam abertos, prontos para recebê-lo. E assim permanecemos por um bom tempo, aliviados e felizes com a declaração da minha inocência. Ao me soltar, ele novamente me fitou fixamente e sorriu.

— Livre, Olívia. A Justiça foi feita! — Ele vibrava de alegria e seu entusiasmo era contagiante.

Nesse momento, Rebecca se aproximou e me abraçou ternamente. Retribui com ternura.

— Sim! Estou livre! — lágrimas rolavam pelo meu rosto, involuntariamente.

Eu estava livre: livre da tia Anne, livre do Patrick e de todo o mal que me acompanhou desde o momento que com eles me envolvi. Por mais triste que fosse, suas mortes haviam me libertado. Entre choros e risos, abracei Adam novamente. A minha vontade era de não mais soltá-lo, de não sair do aconchego dos seus braços, mas tive de fazê-lo, assim que o promotor Chris O'Connor apareceu.

— Parabéns por mais uma vitória, Adam! A sua atuação no caso foi irretorquível.

Demonstrando humildade e respeito ao colega, Adam balançou a sua cabeça de forma negativa. Em seguida, o fitou com indignação.

— O'Connor, quando você soube que Olívia era inocente? — Ele parecia genuinamente intrigado.

— As evidências e os testemunhos caminharam para isso, você bem sabe. Mas foi o depoimento da Olívia que me convenceu de sua inocência! — o promotor, então, desviou o seu olhar diretamente para o meu e sorriu. — O meu trabalho é mandar criminosos para a cadeia e não inocentes, O'Brien.

— E você tem alguma ideia de quem possa tê-lo assassinado? — Diante da pergunta de Adam, me virei para fitar fixamente o promotor.

— Durante o julgamento, fui informado por uma fonte não fidedigna que Patrick estava envolvido com apostas de cavalos e estava devendo uma boa quantia para um sujeito. Como a fonte não era confiável, não pude usar essa informação no tribunal. Mas, diante de tudo o que a defesa provou ao longo do julgamento, acredito que há uma grande chance de ele ter sido assassinado por conta de uma dívida de jogo que possuía.

E assim o promotor se despediu, tocando levemente a sua mão no ombro do Adam. O respeito e admiração eram mútuos.

Dara então surgiu.

— Olívia, você está livre! — Ela chorava e sorria ao mesmo tempo, assim como eu.

— Livre!!! Eu sempre soube que você era inocente, minha menina!

Ficamos abraçadas por um bom tempo, sorrindo e chorando, tudo ao mesmo tempo. E nos seus braços eu encontrei o sentimento de paz e conforto que eu sempre busquei. Quando, enfim, nos separamos, Dara, ainda chorando, se virou para Adam e o agradeceu por não ter desistido de mim e o elogiou pela atuação no julgamento.

— Eu é que tenho que agradecê-la, por ter confiado a mim a defesa de Olívia.

Vê-los ali juntos e comemorando a minha inocência, me fez pensar quão afortunada eu era. Eu, que nunca tive nada, agora tinha duas pessoas que, despretensiosamente, apostaram em mim simplesmente por quererem o meu bem.

Por mais que eu tivesse sido declarada inocente, eu não poderia sair andando livremente pelos corredores do tribunal, como inocentemente imaginei que poderia acontecer. Me disseram que eu teria de voltar para a cela e aguardar a minha liberação, cabendo a mim somente acatar aquela ordem.

Durante o trajeto, por diversas vezes me peguei sorrindo e imaginando como seria a minha vida a partir daquele momento. Ela era uma tela em branco, a qual eu poderia preencher com as figuras e cores que eu bem entendesse. Mas uma coisa eu tinha certeza: eu não iria permitir que ninguém me machucasse novamente. Ninguém.

– Dezessete –

No dia e horário determinados, Dara me aguardava na saída da penitenciária feminina, carregando consigo um charmoso buquê de flores campestres. Ela irradiava felicidade e estava elegantemente trajada com um vestido verde claro longo, que lhe dava um ar angelical.

— Olívia, você está livre! Eu ainda não acredito, querida. Agora poderá ter a sua vida de volta!

— Ah, Dara, como é bom tê-la por perto. Você não imagina o bem que me faz! — e, como sempre, me aninhei em seus braços, como um filhote à procura de conforto e segurança junto às asas da mãe.

Antes de deixar a penitenciária, eu me despedi de Cameron, que estava inconsolável. Ela dizia que eu havia tornado a sua estadia naquela selva mais palatável, mas ambas sabíamos bem que foi ela a responsável por tornar a minha estadia definitivamente mais segura e menos amarga, e eu lhe seria grata eternamente por isso.

Faltavam apenas alguns anos para Cameron terminar de cumprir a sua pena e combinamos de nos encontrar quando ela saísse da prisão. Eu queria ajudá-la, a qualquer preço, para tentar retribuir tudo o que ela havia feito por mim. Cameron fazia parte da lista de pessoas para as quais eu devia favores, a qual surpreendentemente vinha crescendo nos últimos tempos. Mas eu não podia me queixar, pois, como repetia constantemente para mim mesma, para quem não tinha nada e ninguém, eu estava orgulhosa das minhas novas conquistas.

Dara tagarelou o tempo todo durante o caminho até a sua casa. Ela estava feliz e sua alegria era contagiante. Entre um intervalo e outro de suas falas, eu aproveitava para apreciar a paisagem outonal pela janela do carro, como se fosse a primeira vez que a estivesse vendo. O sentimento de liberdade que sentia era intenso e genuíno, e cabia a mim desfrutá-lo da melhor forma. Eu havia pagado caro por ele e, por isso, não poderia deixar de lhe dar o devido valor.

Olhei para o céu e os raios de sol, que raramente brindavam a minha terra no outono, acariciaram minha face. Me entreguei às suas carícias, como uma criança se joga nos braços de sua mãe, para ser afagada.

Por entre as ruas da segura cidade de Naas, cachorros das mais variadas raças e tamanhos caminhavam agitadamente ao lado de seus donos, parando em cada tronco de árvore que surgia no caminho, para farejá-las e demarcar o território. Nunca tive um animal de estimação. Tia Anne jamais permitiu, por mais que eu tivesse implorado. "Mas isso havia ficado na poeira da estrada", pensei comigo mesma. O que importava era que, a partir daquele momento, eu era dona da minha própria vida e, caso eu assim desejasse, poderia adotar quantos cachorros eu quisesse.

Olhei para as inúmeras árvores plantadas pela cidade, carregadas de folhas com os mais variados tons avermelhados e laranja, anunciando a chegada do outono. Muitas delas já estavam sem folhas, as quais, caídas no chão, formavam um lindo tapete *ton sur ton*. As árvores estavam se renovando, se preparando para o inverno. E era justamente assim que eu me sentia: renovada e preparada para o que o destino havia me reservado dali para frente. Eu também estava sem folhas. As folhas que eu cultivava em meu corpo ou haviam morrido ou dele se desprendido, deixando apenas lembranças de que ali estiveram.

Em uma das últimas visitas que me fez na prisão, Dara, sempre convicta da minha inocência, reiterou o convite que havia feito no hospital de eu ir morar em sua casa, convite que aceitei de pronto, ao perceber que o seu desejo era sincero. Ela me amava e isto estava claro para mim, e tê-la por perto me enchia de alegria.

Dara diminuiu a velocidade do carro e imbicou na entrada de uma imponente propriedade. Caminhamos por uma estrada de pedrinhas brancas rodeada por gramas, flores e os mais variados tipos de plantas. Corvos, espécie tão comum de pássaros no meu país, nos observavam atentamente, enquanto abríamos a porta do veículo.

— Chegamos. Espero que goste do seu novo lar! — Dara desligou o motor do carro e me olhou sorrindo.

Peguei a pequena sacola com meus pertences e desci do carro, olhando atentamente para todo o entorno da propriedade. Senti suaves e refrescantes gotas de chuva caindo sobre o meu rosto. Olhei para o céu e percebi que o encontro entre a luz do sol e as gotas de chuva fez surgir um lindo, porém discreto, arco-íris. Minha vida, antes sem cor, estava repleta das cores primárias. Me senti mais feliz do que nunca.

Caminhamos em direção à porta principal da propriedade, que era antiga e possuía uma arquitetura tipicamente irlandesa. Sua fachada tinha o acabamento em tijolos aparentes e o telhado da porta principal era triangular. Havia também duas grandes janelas de vidro na fachada da casa, com os seus batentes pintados na cor azul acinzentado, que nos permitia enxergar um pouco do interior da residência.

Dara abriu a porta e foi subitamente abalroada por suas cachorrinhas, cujos rabos se moviam em um vai e vem frenético, demonstrando estarem felizes por vê-la novamente.

— Scone e Tea, digam "olá" para a Olívia, a nova moradora da nossa casa!

— Scone e Tea? — perguntei, intrigada com a graça e originalidade dos nomes.

— Resolvi chamá-las assim, por se tratarem das minhas coisas favoritas! — disse a enfermeira, com um sorriso maroto. Por serem criativos, gostei ainda mais dos nomes daqueles serelepes animaizinhos.

Atendendo ao comando, as cachorrinhas imediatamente pularam sobre o meu corpo. A alegria de ambas era contagiante, com os seus rabinhos balançando de um lado para o outro e suas línguas de fora, como se estivessem sorrindo. Me rendendo aos seus encantos, me ajoelhei para acariciá-las e ambas me pareceram bastante satisfeitas com a atenção que lhes dava.

Scone era uma cachorra da raça Yorkshire Terrier, de pelagem extremamente brilhante, com textura sedosa e fina, mesclada nas cores cinza e caramelo. Ela estava impecavelmente penteada e sobre a sua cabeça havia um delicado laço vermelho com bolinhas brancas. Já Tea era da raça Irish Setter, e tinha um corpo esbelto e pelagem vermelha longa. Apesar de ter um porte bem maior que o da Scone, ela se comportou como se igualmente fosse um cão pequeno de colo.

Dara me apresentou os cômodos da casa, os quais estavam impecavelmente arrumados e limpos. Apesar de possuir apenas um pavimento, a casa era grande e aconchegante. A cozinha era integrada com a sala de jantar e de estar, dando maior amplitude ao local.

— Esse será o seu quarto, Olívia!

Ela parecia orgulhosa com a decoração que fizera no cômodo e eu não lhe tirava a razão, já que o resultado era melhor do que eu jamais poderia sonhar. Todo decorado nos tons rosa envelhecido, cinza e bege, o quarto parecia pertencer à realeza. Me lembrei do quarto de Eleanor, que visitei na infância. Me sentei sobre a macia cama de casal e, de pronto, me senti acolhida. Peguei uma das almofadas que estavam sobre a colcha de retalhos da cama e com um forte abraço, suspirei. Enfim, eu estava em casa.

— Dara, eu ainda hei de retribuir tudo o que você faz por mim! — disse, com lágrimas nos olhos.

— Deixe de besteira, menina! — ela me abraçou e, para não perdermos o costume, assim permanecemos por um bom tempo, chorando e sorrindo ao mesmo tempo.

Scone e Tea pularam na cama, latindo, em busca de atenção. Sorrimos ao ver a empolgação das cadelas. "Tudo ficaria bem", pensei. Pela primeira vez, tudo realmente ficaria bem.

– Dezoito –

Pela janela do quarto vi como o dia estava lindo. Não chovia, tampouco ventava forte, e o sol timidamente nos brindava com os seus raios, que, apesar de não nos aquecer, nos davam vida.

Como Dara estava de folga do trabalho naquele dia, decidimos levar Scone e Tea para um passeio pelo centro da cidade, o que acreditamos ter sido uma ótima ideia, já que ambas não paravam de chacoalhar os seus corpinhos e rabinhos durante o trajeto, tamanha a excitação.

No caminho, Dara me perguntou quais eram os meus planos para o pub e a casa que eu havia herdado de Patrick. Ao ser declarada inocente, Adam me disse que eu teria direito à herança, já que eu era a sua única parente viva, mas eu confesso que não tinha ideia do que faria com aqueles bens.

— Que tal você colocá-los à venda? — ela sugeriu, enquanto tentava em vão controlar Tea, que corria à nossa frente, mordendo a todo instante a coleira que a guiava.

— Ainda não pensei a respeito, mas vendê-los não é uma má ideia...

De fato, não era. Manter os imóveis significaria ter de administrá-los e, via de consequência, lembrar constantemente do meu passado; do Patrick. E isso estava fora de cogitação.

— Que tal pedir ajuda ao Adam para vendê-los?

— Pobre homem. Sinceramente, acredito que ele deve estar arrependido do dia em que me conheceu — gargalhamos com o meu comentário.

A nossa caminhada pelas ruas da cidade fora extremamente agradável, em especial quando nos sentamos em uma pequena e charmosa cafeteria, onde tomamos chá com leite e comemos *scones*, ou melhor, o que sobrou deles, já que as cachorrinhas, ansiosas espectadoras, choramingavam a cada mordida que dávamos nos pãezinhos. E, como não podia deixar de ser, nos rendíamos às suas chantagens emocionais, presenteando-as com fartos pedaços.

Continuamos nossa andança rumo à livraria Barker & Jones, onde ficamos durante duas deliciosas horas, folheando os *novels* recém-publicados, enquanto as cachorrinhas nos esperavam do lado de fora da livraria, presas às barras do estacionamento de bicicletas, felizes por poderem descansar um pouco.

— Agora que já estamos munidas de cultura e com a barriguinha cheia, o que você acha de comprarmos algumas roupas novas?

Sob o meu olhar, Dara era consumista, já que fui criada de tal maneira que coisas materiais somente eram adquiridas quando as poucas que tínhamos, por estarem puídas, eram descartadas.

— Roupas novas? Mas já compramos um casaco e uma blusa de lã na semana passada...

Dara, então, interrompeu a minha fala:

— Oras, roupas novas nunca é demais para uma mulher — disse-me, com uma piscadela.

Após as compras, voltamos para casa. As cachorrinhas, depois de esvaziarem os seus potinhos de água e de ração, se deitaram nas suas caminhas confortáveis, onde permaneceram pelo resto do dia, com suas barriguinhas viradas para cima. Dizem que os cachorros são animais que amam seus donos mais do que a si mesmo. Só quem com eles tem o prazer de conviver sabe que essa afirmação é verdadeira.

Havíamos convidado Adam para jantar conosco naquele dia e me repreendi ao perceber que estava demasiadamente ansiosa com a sua visita. Nenhuma roupa, por mais elegante que fosse, parecia bonita o suficiente para recebê-lo. Eu queria estar bela e deslumbrante aos seus olhos. Depois de muito experimentar, optei por um vestido verde esmeralda até a altura do joelho, que Dara e eu havíamos comprado em uma das nossas idas ao centro da cidade. Em cima da cama, Scone, juntamente com o seu sapo de pelúcia, me fazia companhia e observava atentamente cada passo que eu dava.

Uma vez vestida, me olhei no espelho e notei que as cicatrizes em meu rosto, já tênues — lembranças das agressões do Patrick — haviam sido estrategicamente encobertas com uma base e pó compacto, que usava com frequência.

— Estou bonita? — perguntei para a cachorrinha.

Scone latiu duas vezes e, em seguida, abanou o seu rabinho, o que me fez acreditar que eu estava.

Calcei os sapatos do tipo Chanel pretos, penteei os meus longos e avermelhados cabelos e caminhei até a sala de estar, onde Adam já se encontrava sentado ao lado da lareira, acariciando Tea. Era engraçado o modo como as cachorras nos ocupavam e se faziam presentes. Mais do que engraçado, era prazeroso.

— Nossa! Você está linda! — disse Adam, analisando cada detalhe do meu corpo. Enrubesci.

— Isso é para você — Ele se levantou do sofá e veio ao meu encontro. Depois de me beijar ternamente, me entregou uma pequenina caixa na cor azul claro, escrita Tiffany & Co., envolta com um largo laço branco. Ao abri-la, me deparei com um belo par de brincos, com diamantes e pedras de água-marinha azul da cor do céu, no mesmo tom dos meus olhos. Como se fosse capaz de ler os meus pensamentos, Adam aduziu:

— Para combinar com os seus olhos. Espero que goste.

Com um largo sorriso, delicadamente retirei o par de brincos da caixa e me postei em frente ao espelho que ficava em cima da lareira, enquanto os provava. Era a primeira vez que eu ganhava um presente de um homem e a primeira vez que eu ganhava uma joia. Olhei para o Adam, que observava atenta e alegremente cada reação minha.

— Assim como você, essa peça é única.

Eu me joguei aos seus braços e deles não queria mais sair. Quando, enfim, nos separamos, ficamos nos olhando por um bom tempo, sem nada dizer. Eu estava apaixonada por Adam e, ao que tudo indicava, o sentimento era mútuo, o que me fez sorrir.

Mas a felicidade subitamente cedeu lugar à tristeza e ao medo. "Quais seriam as consequências desse amor? Ele poderia me causar dor? Adam seria capaz de me machucar?". Decidi, então, me desvencilhar dos seus braços. Ao notar o meu comportamento, Adam pegou a minha mão e a beijou com ternura.

— Você nunca mais estará só, Olívia. Não vou deixar que ninguém lhe faça mal.

— Ah, Adam... — abracei-o novamente, me entregando às suas carícias e aos seus encantos.

— Desculpe interromper os pombinhos, mas o jantar está pronto. — Dara, vestindo um avental de cozinha florido, estava em pé na nossa frente, acompanhada das leais Scone e Tea, que pareciam animadas com a proximidade da refeição.

— Pude sentir o cheiro logo que entrei na casa, Dara. Deve estar maravilhoso. Obrigado pelo convite.

Durante o jantar, aproveitamos para colocar os assuntos em dia, sendo que volta e meia eu pegava Adam me fitando, com um olhar apaixonado. Dara havia preparado um delicioso ensopado de carne com legumes, típico prato irlandês, o qual degustamos na companhia de um delicioso e refinado vinho tinto francês. Terminado o jantar, conversamos sobre amenidades em frente à lareira, com as nossas taças na mão, sendo que, a cada gole, ficávamos mais soltos e de riso fácil. Bons tempos, que não hão de voltar, devo dizer.

Quando final da noite se aproximou, Adam me convidou para uma caminhada pelas ruas da cidade e eu não titubeei em aceitar o convite. "Precisávamos de um tempo a sós e um passeio seria perfeito", conclui comigo mesma.

    Andamos a passos lentos pelas ruas escuras próximas à casa de Dara, tendo apenas a lua e as estrelas como testemunhas dos nossos sentimentos. Adam, então, pegou sutilmente na minha mão e puxou o meu corpo para junto de si. Pude ver em seus olhos que ele me desejava; que ansiava por um beijo, para aliviar desejos reprimidos. E, sob a luz do luar, nos beijamos pela primeira vez.

    Eu jamais me esquecerei daquele momento e do turbilhão de sensações deliciosas que eu senti com aquele beijo ardente e apaixonado. Na troca de fluidos, pude sentir que ele me desejava tanto ou mais que eu. Lembro-me como se fosse hoje o meu desespero quando os seus lábios deixaram os meus. Foi então que eu decidi que estava na hora de me entregar de corpo e alma àquele homem e me render às delícias daquele sentimento, tão genuíno e desconhecido para mim. O amor era algo que eu não havia experimentado até então, já que não amei a tia Anne e muito menos o falecido Patrick. Quanto aos meus pais, os quais deveriam ter me proporcionado o primeiro contato com esse sentimento nobre, infelizmente o destino os levou antes mesmo de eu experimentá-lo.

    Aquele foi o primeiro de muitos beijos que trocamos durante as nossas caminhadas noturnas habituais pelas ruas próximas à casa da Dara. Não havia um dia sequer que não nos encontrávamos, o que contribuía para que nos tornássemos cada vez mais íntimos e inseparáveis. Se amor é resultado de convivência, como dizem por aí, o nosso crescia de forma galopante a cada dia.

    A nossa primeira noite juntos foi infinitamente melhor do que eu imaginava que poderia ser. Me lembro de estar bastante receosa, pois a única experiência sexual que eu tinha tido até então era com Patrick. Sexo, depois de tudo que eu havia passado até então, não era uma opção viável para mim. A bem da verdade, acreditei que não o faria com mais ninguém, que sequer sentiria vontade de fazê-lo. Ledo engano. Me entreguei de corpo e alma ao Adam, para saciar os nossos incontroláveis desejos carnais, que se intensificavam a todo instante e, para minha sorte, percebi que tirei a sorte grande, pois ele se revelou um amante carinhoso e atencioso. Quando nossos corpos se uniram tornando-se um só, me dei conta de que eu havia me tornado prisioneira do seu amor. Contudo, esse tipo de prisão não me importunava.

– Dezenove –

Quando eu completei vinte e quatro anos, decidi que tinha chegado a hora de voltar os olhos para o meu futuro profissional, o qual eu havia relegado até então. Como eu não tinha frequentado um curso universitário antes, por falta de opção, é claro, acreditei que aquele seria um bom momento.

Com a ajuda de Adam e o aquecimento do mercado imobiliário no país, alguns meses depois do julgamento, consegui uma vultosa quantia com a venda do pub e da casa que eu havia herdado do Patrick. Dinheiro, portanto, não era mais um problema para mim, o que já ajudava muito.

Adam e eu estávamos sentados nas confortáveis poltronas da sala de estar de Dara. Enquanto conversávamos sobre amenidades, resolvi que era uma boa oportunidade para perguntar a sua opinião sobre os meus planos para o futuro.

— Adam, estou pensando em me matricular em um curso de ciência criminal, que se iniciará no próximo mês de setembro. O que você acha?

— Ciência criminal? — ele perguntou surpreso.

— Sim. Durante o meu julgamento, confesso que fiquei fascinada por esse tipo de ciência. Pode parecer estranho, mas acredito que eu me realizaria se trabalhasse nesse ramo — imediatamente desviei o meu olhar para o chão, como eu costumava fazer quando me sentia em uma situação que julgava embaraçosa. Falar sobre o meu passado, em especial sobre essa parte tão sombria e dolorosa, ainda era vergonhoso demais para mim, ainda que com Adam.

— Ora, querida, se isso irá deixá-la feliz, eu serei o primeiro a apoiar a sua escolha. De fato, a ciência criminal é fascinante e por isso eu compreendo o seu interesse pela matéria. Confesso que o estudo forense é apaixonante até mesmo para mim — seu entusiasmo me pareceu genuíno.

— Tem mais uma coisa que eu gostaria de falar com você, Adam. Estou pensando em usar parte do dinheiro que recebi com a venda dos imóveis que herdei, para comprar uma casa para mim. Sou muito agradecida à Dara, mas acredito que já esteja mais do que na hora de eu me mudar e ter o meu próprio canto. Só não sei como ela irá reagir a essa minha decisão... Você poderia me ajudar a encontrar uma casa?

— Case-se comigo, Olívia!

A sua fala me arrebatou como um *tsunami*. Fiquei sem ar e pude sentir que o meu corpo tremia dos pés à cabeça. Essa, definitivamente, não era a resposta que eu estava esperando ouvir naquele momento. Inesperadamente, Adam se ajoelhou aos meus pés.

— Há algum tempo venho pensando sobre isso. Sei que essa não foi a proposta de casamento mais romântica do mundo, mas quero que saiba que, apesar de repentina e um tanto quanto sem graça, ela é feita com todo o meu amor. Olívia Ryan, você aceita se tornar a minha esposa?

— Sim, eu aceito, Doutor Adam O'Brien. Para ser sincera, se você não me propusesse até o ano bissexto, eu mesma iria pedi-lo em casamento, como manda a tradição irlandesa — disse sorrindo e me jogando, em seguida, em seus braços.

Nos abraçamos e beijamos como só dois amantes apaixonados são capazes de fazer, e a imagem do Adam de joelhos aos meus pés ficaria guardada para sempre na minha memória e no meu coração.

Dara não conseguiu conter a sua alegria quando lhe contamos a novidade, a despeito do nítido descontentamento com relação ao fato de que eu deixaria a sua casa.

— Mas que notícia maravilhosa! Mal posso esperar o casório. Será o evento do ano e, se me deixarem, quero participar de cada detalhe dos preparativos da festança, sem exceção!

Scone e Tea, que, como sempre, nos rodeavam, latiram, como se estivessem nos cumprimentando pela notícia.

— Será um prazer poder contar com você nesse momento tão importante das nossas vidas — Adam lhe disse, sorrindo, enquanto afagava a barriga da Scone, que estava confortavelmente deitada ao seu lado no sofá da sala.

No dia seguinte, Adam me presenteou com um lindo anel de noivado da Tiffany, digno de uma princesa. Era um solitário de brilhante, com uma lapidação esplendorosa. Ele me esclareceu ter sido o escolhido por ser a representação do amor, como diziam os gregos na Grécia antiga, que acreditavam que os diamantes se assemelhavam às lascas de estrelas caídas do céu. Ele era romântico e essa sua qualidade o tornava ainda mais especial. Muito provavelmente, o anel lhe custou uma fortuna, mas nada que ele, advogado bem-sucedido e abastado, não pudesse arcar com o custo.

Os dias que se seguiram foram tumultuados e as vinte e quatro horas de cada um deles não eram suficientes para todos os meus afazeres. Antes, no entanto, de dar início aos preparativos para o casamento, me matriculei no curso de ciência criminal, pois não queria mais postergar o meu futuro profissional.

Como o curso somente se iniciaria em setembro, eu tinha ainda um mês pela frente para voltar os meus olhos única e exclusivamente para os preparativos do casamento, com a ajuda de Dara, é claro.

Uma vez escolhida a data, dentro de quatro meses, fizemos uma lista com os principais itens que precisávamos organizar para a festa, como juiz de paz, vestido, buquê, local em que a cerimônia se realizaria, decoração, buffet, música, bolo, convites etc. Os itens eram infindáveis e por diversas vezes acreditei que não iríamos dar conta de tudo o que tínhamos de fazer.

Quanto aos convidados, devo dizer que para mim essa foi a parte mais fácil de todo o planejamento, já que eu podia contar nos dedos de uma única mão as pessoas que eu iria convidar. Contudo, com Adam, era diferente: ele nos apresentou uma lista com mais de trezentas pessoas, cujas presenças julgou essenciais.

Adam pertencia à uma família tradicional irlandesa e era filho único de Harry e Fionna. Ele havia sido criado em berço de ouro, sendo que amor e atenção não lhe faltaram durante a infância, já que a sua mãe, mesmo após inúmeras tentativas, não conseguiu engravidar novamente.

Seus pais eram conhecidos e influentes na cidade de Naas e, por isso, Adam me convenceu que seria uma desfeita não convidar as pessoas com as quais eles se relacionavam. Para mim, sinceramente, era indiferente, pois o que importava era que eu estava me casando com o amor da minha vida, algo que, anos atrás, eu pensei que jamais aconteceria, ainda mais com um homem da estirpe do Adam, que, na minha cabeça, não se envolveria com mulheres como eu. Ele era um príncipe, e eu, a plebeia.

Aceitamos de pronto a sugestão de Dara de que a festança fosse realizada no antigo e elegante Hotel Majestic, levando-se em conta a beleza e imponência do local. Kate, uma gentil cerimonialista que trabalhava no local, assumiu as rédeas da organização do evento, tendo nos garantido que o casamento, além de luxuoso, seria romântico e intimista. Dara, mesmo contrariada por ter perdido o seu posto de organizadora principal, demonstrava-se satisfeita com os resultados que nos eram apresentados semanalmente por Kate. Não era para menos: nenhum detalhe era relegado.

Quando faltavam apenas três meses para o casamento, Dara me levou a um renomado e tradicional ateliê de costura em Dublin, para encomendarmos o vestido de noiva. Eu optei por um vestido na tonalidade *off white,* decotado de ombro a ombro, e mangas longas, com aplicações de pedrarias e muitas transparências, tanto no colo quanto nas costas. O modelo havia sido retirado de uma das fotografias das revistas de noivas que pousavam sobre as mesas do ateliê. Quanto à saia, acatando a sugestão da estilista, decidi que ela seria fluída e toda salpicada de flores, assim como o véu, garantindo movimento e um toque romântico ao meu visual.

No dia da primeira prova do vestido, tive a certeza de que eu havia feito a escolha certa. Ao ver a minha imagem refletida no espelho, fui invadida por uma explosão de sentimentos maravilhosos. Senti borboletas no estômago; minhas mãos estavam trêmulas, minha boca seca e o meu coração pulsava acelerado. Não pude conter as lágrimas que caíam dos meus olhos, tamanha a emoção que senti ao me ver daquele jeito, parecendo uma princesa. "Sim, eu era uma princesa", pensei.

Foi então que me lembrei de Eleanor e da tarde agradável que passamos juntas em seu quarto, onde a doce e inocente menina tentava a todo custo me convencer de que todas as mulheres eram princesas, inclusive eu.

Terminada a prova do vestido, saí do ateliê de costura determinada a convidar a amiga de infância para o casamento, pois já estava mais do que na hora de trazê-la de volta para a minha vida.

O reencontro com Eleanor foi um acontecimento que guardarei para sempre com carinho entre as minhas memórias. Ela havia se tornado uma linda mulher. Assim como eu, ela era alta e esguia, porém, loira. Seus olhos eram da cor verde oliva e seus cabelos loiros eram longos, caídos nos ombros.

Aparentemente, Eleanor era muito diferente da criança que outrora conheci, mas os seus trejeitos e o olhar maroto não a haviam abandonado. Logo que nos encontramos, nos abraçamos forte e ternamente durante um longo período, como se quiséssemos recompensar o tempo que passamos separadas.

A fortuna da família Murphy havia proporcionado à Eleanor viagens ao redor do mundo, joias, vestimentas de grifes luxuosas, cursos de etiquetas e estudo na melhor universidade da Inglaterra. Ela tinha se formado em arquitetura e, àquela altura, já era uma arquiteta de interiores renomada em Dublin. Seu escritório fazia jus à sua profissão, tamanha a beleza e o requinte do ambiente por ela decorado.

Quando soube do casamento, assim como Dara, Eleanor fez questão de participar de cada detalhe da festa, acrescentando à ocasião ainda mais luxo e requinte. Como era de se esperar, escolhi ambas para serem as minhas madrinhas e elas ficaram radiantes com a notícia.

Além dos assuntos relacionados ao evento, Eleanor assumiu a reforma do imóvel que Adam e eu adquirimos, para morarmos depois do casamento. Havíamos optado por uma propriedade localizada em um grande terreno, afastado do centro da cidade. Era uma casa antiga, porém ampla, com dois pavimentos e cinco quartos. Decidimos que iríamos reformá-la antes mesmo de nos mudarmos, para deixá-la com o nosso jeito; nossa cara. E concordamos que Eleanor faria isso com perfeição.

Minha vida, antes sofrida e permeada de tristezas, caminhava em direção diametralmente oposta. Eu estava feliz e rodeada por pessoas que me amavam despretensiosamente, como eu sempre dizia, algo que, até então, nunca havia acontecido. Enfim, acreditei que havia encontrado nessas pessoas o amor que tanto procurei.

— Olhe para você. Não é mais aquela menina infeliz e amedrontada que eu conheci no hospital. Até a sua postura mudou, minha querida. Não se posta mais como vítima da vida, do mundo, mas sim com uma guerreira, vencedora de longas e árduas batalhas. Estou orgulhosa de você! A Cinderela finalmente encontrou o seu príncipe — Dara, com a forma maternal usual, arrumava o véu do vestido de noiva na prova que eu estava fazendo.

— Confesso que estou assustada com tudo o que está acontecendo. Acho que eu me acostumei a sofrer, por mais irônico e estranho que isso possa parecer. E, estar feliz e vivenciando uma vida permeada de alegrias e riquezas me faz questionar até quando tudo isso irá durar e se realmente eu sou digna dessas bênçãos.

— Não vista a carapuça de vítima, Olívia. As pessoas estudam, se relacionam, se casam, têm filhos e por aí vai. Portanto, se acostume. Curta cada momento, pois é por isso que vale a pena viver!

Dara, como sempre, me brindava com os seus sábios e dóceis conselhos, mas, intimamente, algo me dizia que ela estava errada dessa vez. Eu intuía que esses fluidos da maré de felicidade da minha vida se tornariam um forte redemoinho, no qual eu poderia me afogar, caso não nadasse bravamente, como eu sempre havia feito até então.

- Vinte -

— Eu vos declaro marido e mulher. Pode beijar a noiva — anunciou o juiz de paz, testemunhando de perto o amor do casal.

Adam, com um olhar apaixonado, puxou o meu corpo para junto de si e beijou os meus lábios como se fosse a última vez. E, nesse momento, as nossas almas tornaram-se uma só, selando o nosso amor para todo o sempre.

No altar, as madrinhas Dara e Eleanor estavam radiantes em seus idênticos vestidos longos de seda na cor azul turquesa, realçando as suas belezas. Com buquês de flores brancas em suas mãos, vibravam alegremente a formalização da nossa união.

— Eu te amo, senhora Olívia O'Brien!

— E eu te amo ainda mais, Doutor Adam O'Brien! Obrigada por nunca ter desistido e lutado por mim, mesmo quando tudo indicava que eu era um caso perdido...

Adam sorriu e me beijou ternamente na testa, como sempre havia feito.

— Jamais a considerei um caso perdido!

O casamento foi um novo divisor de águas na minha vida. Ao adotar o sobrenome O'Brien, abandonei para todo o sempre a família Ryan, que somente dor e sofrimento me causara. A menina órfã, desprovida de amor e carinho, e abusada durante longos anos, ficaria na poeira da estrada com aquela união. Na peça teatral daquela minha nova vida, não cabia mais a interpretação do papel de vítima, mas sim de guerreira e vencedora.

Ao som de harpas e flautas, que tocavam músicas tipicamente irlandesas, caminhamos de mãos dadas do altar até o salão onde a festa seria realizada, sorrindo para os convidados, que nos seguiam com seus olhares alegres, girando as suas cabeças como patos para nos acompanhar, quando passávamos por eles. Nossos passos, apesar de lentos, me pareceram rápidos, já que o tempo não parou para que eu pudesse melhor desfrutar de cada detalhe daquele momento.

A festa de casamento transcendeu as nossas expectativas. O ambiente romântico proporcionado pelo antigo hotel, atrelado ao clima intimista, à luxuosidade da decoração e à excelência do serviço de hotelaria tornaram a festa única e especial. Entre risos e abraços, dançamos, bebemos, comemos e nos socializamos. Enfim, aproveitamos cada instante, pois sabíamos que eles não voltariam mais. Adam esbanjava felicidade e eu, pelo que me disseram, brilhava ao me deslocar de um canto ao outro do salão.

Ao se despedirem, convidados não pouparam elogios à festa, mas foram os pais de Adam que me pareceram mais admirados com a grandiosidade e beleza do evento. E, ao perceber as suas aprovações, pude, enfim, ficar calma, já que as suas opiniões eram demasiadamente relevantes para mim naquela época. A pobre menina desprovida de família e de amor havia sido aceita pela alta sociedade irlandesa. "É, tia Anne, eu não era tão imprestável assim", sussurrei para mim mesma.

Passamos a nossa noite de núpcias em uma luxuosa suíte do hotel que havia sido ricamente decorada para a ocasião. Pétalas de rosas estavam espalhadas por todos os cantos do quarto, formando um lindo tapete vermelho. Em cima de uma pequena mesa no canto do cômodo, chocolates finos e um champanhe de safra rara, estrategicamente deixados para os noivos. Mas os detalhes da delicada decoração não paravam por aí. Sobre a cama de casal pousavam dois roupões felpudos, com os nossos nomes bordados em letras douradas, assim como pantufas igualmente personalizadas. Tudo era muito refinado e, mais uma vez, eu não pude deixar de pensar o quanto a minha vida havia mudado da água para o vinho, e que eu devia tudo isso ao Adam. A garota pobre e triste era agora rica, alegre e fina.

Naquela noite, mesmo exaustos, Adam e eu nos amamos de forma ardente e apaixonada. Exploramos cada parte do nosso corpo, como alguém desbrava um território desconhecido, e tive a sensação de que a qualquer momento eu poderia entrar em erupção. Os nossos corações batiam no mesmo ritmo e nossas mãos entrelaçadas não queriam se soltar. Esgotados após o sexo, dormimos aninhados, num êxtase de felicidade.

Na manhã seguinte à festa de casamento, partimos para Dublin, onde pegaríamos um voo rumo à nossa lua de mel. Depois de muito pensarmos, optamos por desfrutá-la em um destino exótico, qual seja, a África do Sul. A viagem até Joanesburgo foi longa e cansativa, mas, como dormimos boa parte do tempo, em razão do cansaço que sentíamos por conta da festança do dia anterior, recarregamos as nossas energias.

Era a primeira vez que eu estava viajando de avião e fiquei encantada com os serviços luxuosos proporcionados pela primeira classe. Eu parecia uma criança na noite de Natal, abrindo e fechando tudo o que estava na minha frente, sem exceção, e Adam se divertiu com essa minha reação. Fiz questão de me sentar ao lado da janela do avião, para que eu pudesse desfrutar da vista maravilhosa proporcionada pelo voo.

Em um carro alugado, nos dirigimos rumo ao complexo Sun City, onde estava localizado o luxuoso e extravagante hotel seis estrelas chamado The Palace of The Lost City, no qual nos hospedamos. Na entrada do complexo hoteleiro, macaquinhos corriam de um lado para outro, com os seus rabos compridos e eretos, celebrando a liberdade e a vida na natureza.

Na entrada principal do resort, fomos recebidos por empregados elegantemente trajados, e mulheres de vestido longo nos esperavam com *drinks* de boas-vindas! Ficamos maravilhados com a recepção, mais foi a estrutura do hotel, imponente, luxuosa e temática, que nos deixou estupefatos.

No dia seguinte, participamos de um safári no Phillanesberg National Park, onde pudemos ver de perto leões, búfalos, girafas, rinocerontes, elefantes, dentre outros tantos animais típicos da savana. O passeio fora tão agradável que nem mesmo a alta temperatura foi capaz de estragá-lo.

A noite foi tão ou mais prazerosa. No luxuoso e excêntrico resort, havia três restaurantes afro-franceses, uma churrascaria e um bar, onde nos servimos de aperitivos, antes de jantarmos. Optamos por um dos restaurantes de comida típica, onde pudemos saborear a deliciosa gastronomia sul-africana, assim como a sua variada carta de vinhos, ao som de um piano de cauda.

Quando nos deitamos naquela noite, tivemos a certeza de que não poderíamos ter escolhido um destino melhor para desfrutarmos a nossa lua de mel, pois, além de agradável, o ambiente era extremamente romântico.

Durante os sete dias em que permanecemos no resort, nos amamos de forma intensa. As paredes do quarto do hotel testemunharam juras de amor incondicional, trocadas em meio a carícias, que eram uma constante após o prazer. Estávamos felizes e realizados, e estes sentimentos genuínos nos completavam e traziam serenidade às nossas vidas.

Ficamos entristecidos quando tivemos que deixar o luxuoso hotel, rumo à Cidade do Cabo, já que a nossa estadia tinha nos proporcionado tamanha alegria.

A Cidade do Cabo se revelou ser igualmente estupenda. Sua beleza natural era ímpar, e os lugares construídos pelo homem não deixavam a desejar. Os passeios pela Table Mountain, Waterfront, Cabo da Boa Esperança e pelas praias Boulders Beach e Camps Bay, com o pôr do sol memorável e águas claras, tornaram a nossa estadia inesquecível. Mas foram as degustações de vinho feitas nas vinícolas da região que fecharam com chave de ouro a nossa passagem por aquele país exótico e encantador.

Exaustos, porém satisfeitos e felizes, voltamos à Ilha da Esmeralda, onde daríamos início à nossa vida de casados. E, quando lá chegamos, para nossa surpresa, nos deparamos com a nossa nova casa já reformada. Eleanor e sua equipe haviam trabalhado duro para nos entregar a casa antes do tempo prometido, de modo que pudéssemos nela entrar logo quando retornássemos da nossa lua de mel. O resultado da reforma, devo dizer, nos deixou boquiabertos.

— Eleanor, a casa está maravilhosa! — disse Adam, admirando cada detalhe da entrada da residência.

De fato, estava. Sem perder a nossa identidade e deixar de ser aconchegante, a casa havia sido reformada e decorada de maneira requintada e luxuosa. Deslumbrados, Adam e eu caminhávamos boquiabertos entre os cômodos, satisfeitos e admirados com o resultado apresentado.

— Esperem só até vocês verem o segundo piso! — disse Eleanor, nitidamente orgulhosa do seu trabalho.

O segundo pavimento do imóvel era igualmente magnificente. Na ampla suíte do casal, detalhes requintados enriqueceram a decoração rústica. Sobre a cama, Eleanor havia optado por dossel, deixando o ambiente belo e romântico, exatamente como havia no seu quarto, quando ela era criança. Também ficamos maravilhados com o closet planejado e o banheiro da suíte, todo trabalhado em mármore branco, inclusive o entorno da ampla banheira que ali estava.

Quando me virei novamente, para sair do quarto, me deparei com uma senhora aparentando ter um pouco mais de quarenta anos de idade, vestida em um uniforme branco, impecavelmente engomado, e um coque no cabelo. Me fitou com um olhar dócil e iluminado, ela me disse:

— Bem-vinda, Senhora O'Brien! Espero que tudo esteja do seu agrado. Meu nome é Betina e eu serei a vossa governanta. Os senhores gostariam de beber algo?

— É, vejo que você tomou conta de tudo... — disse a Eleanor, dando-lhe em seguida uma piscadela.

Naquele dia eu tive a certeza de que a gata borralheira havia se tornado uma princesa, ao ter a sorte de se casar com o príncipe Adam e ter uma amiga como Eleanor. O único senão é que eu nunca tive sorte na vida...

– Vinte e Um –

Dizem que os primeiros anos do casamento são desafiadores e determinantes para a felicidade ou para o fracasso do relacionamento do casal. Devo dizer que os nossos não foram diferentes. Enfrentamos problemas e tivemos de resolver rusgas que surgiram no dia a dia, mas o amor sempre prevaleceu. Não importava onde as nossas brigas começavam, mas elas na grande maioria das vezes terminavam na cama, onde nos reconciliávamos e fazíamos juras de amor eterno.

Adam era um excelente amante e adorava desbravar cada parte do meu corpo, como um arqueólogo escava sítios arqueológicos e estuda marcas deixadas num território, para entender como ele foi ocupado. Além disso, ele era um companheiro maravilhoso e me apoiava incondicionalmente. Mas o melhor, ao meu ver, era que ele tomava as rédeas das situações que o relacionamento nos impunha, fazendo com que eu me sentisse amada, segura e livre para alçar voos.

Betina se revelou uma exímia governanta e mantinha o funcionamento e a organização da casa em patamares jamais antes por mim experimentados. Até mesmo as compras de supermercado era ela quem fazia, sempre garantindo que nada faltasse em nossa casa.

Volta e meia eu me pegava pensando que, de gata borralheira, faxineira de latrinas, passei a ser uma bela e nobre dama da corte, sempre elegantemente trajada, cheia de joias e finamente servida. Contudo, internamente, algo sempre me dizia que tudo aquilo não iria durar.

Seja como for, eu tinha o tempo livre para me dedicar aos estudos da ciência criminal, que, além de empolgante, fazia com que eu me sentisse útil e produtiva. Eu era uma aluna exemplar e não faltei um dia sequer nas aulas. Sentada na segunda cadeira da primeira fileira da sala, eu bebia as palavras dos gabaritados professores como se fossem goles de vinho da mais nobre safra. E, a cada ano que passava, eu me sentia mais segura quanto à minha escolha profissional e ansiava por colocar em prática os aprendizados dessa matéria.

Quando eu não estava estudando, corria para o aconchego dos braços das queridas Dara e Eleanor. Éramos inseparáveis, e Adam tratou de nos apelidar de Três Mosqueteiras, o que, devo dizer, caiu como uma luva. Nos encontrávamos todas as semanas, para colocarmos os nossos assuntos em dia, seja tomando um chá no meio da tarde ou uma *pint* nos inícios de noites em algum pub, com exceção do que havia pertencido à família do Patrick, é claro. Era maravilhoso tê-las ao meu lado, sempre me apoiando e vibrando com as minhas conquistas e eu com as delas.

Dara havia sido nomeada enfermeira chefe do hospital de Naas e estava orgulhosa com essa sua promoção, pela qual havia trabalhado arduamente. Eleanor, por sua vez, havia sido recentemente premiada por uma renomada revista internacional de arquitetura e planejava ampliar a sua área de atuação. As três amigas estavam realizadas e felizes, cada uma da sua maneira, como deveria ser, segundo Dara sempre nos dizia.

— Então quer dizer que em breve teremos a mais nova perita criminal da Irlanda? — questionou-me Dara, enquanto eu me servia de mais um gole do *pint* de Guinness.

— Pois é. É incrível como o tempo passou rápido. Parece que foi ontem o meu primeiro dia de aula.

Eleanor me olhou intrigada.

— Olívia, eu sei que você não gosta de tocar nesse assunto, mas, agora que você está estudando assassinatos, armas de crimes e todas essas coisas, que, cá entre nós, eu acho um horror...— disse, revirando os olhos. — por acaso, você já parou para pensar quem poderia ter assassinado o Patrick?

— Eleanor!!! — Dara a interrompeu de maneira ríspida e abrupta.

— Está tudo bem, Dara. Sejamos honestas, a curiosidade não é só dela, não é mesmo? — respirei fundo e tentei sorrir. Aquele assunto, definitivamente, me desagradava. — Eu não o matei, se é isso que quer saber.

— Eu jamais imaginei que tivesse sido você, minha querida. Mas, diante de todo o circo que se formou na época e o assédio da mídia sobre o caso, confesso que fiquei curiosa para saber quem poderia ter sido o assassino. Ficamos sem respostas e é natural que eu me sinta insegura, pois, quer queira, quer não, o assassino ainda deve estar à solta, caminhando livremente pelas ruas da nossa pacata cidade — sua explicação me pareceu lógica e sincera.

— No último dia do julgamento, lembro-me de o promotor de justiça ter revelado ao Adam que Patrick estava envolvido com apostas em corridas de cavalos, e, ao que tudo indica, eram grandes as chances de ele ter sido assassinado por conta de uma dívida de jogo — ambas ficaram boquiabertas diante de tal revelação.

— Dívida de jogo...Bom, me sinto segura novamente, já que nunca fui fã de corridas de cavalos e muito menos de apostas em geral — disse Eleanor, num tom de voz zombeteiro, se servindo de mais um gole da sua cerveja.

Paralelamente aos meus estudos e à minha vida de casada, Adam e eu nos dedicávamos à expansão do nosso círculo social. Certa vez, ele me confidenciou o seu desejo de concorrer ao cargo de presidente da Ordem dos Advogados da Irlanda, e socializar-se era o primeiro passo para tanto. Então, a partir daquele momento, éramos um time e trabalhávamos juntos rumo à presidência daquela renomada entidade de classe. Se esse era o desejo de Adam, eu iria trabalhar duro junto a ele para realizá-lo, pois era o mínimo que eu poderia fazer por ele depois de tudo o que fez por mim.

Inúmeras foram as festas dadas em nossa residência, sempre com a ajuda de Betina, que nos auxiliava com a sua organização, tornando cada evento impecável. Dara e Eleanor estavam sempre presentes nas festanças dadas, e volta e meia tentavam arrumar um pretendente entre os convidados, o que nos proporcionava situações engraçadas. Foi um bom período da minha vida, isso eu posso afirmar.

Não foram raras as ocasiões em que Adam me revelara o seu desejo em ter filhos, mas eu lhe dizia que ainda não estava preparada para gerar uma criança. O passado me assombrava e eu ainda não tinha superado o aborto que sofri. Mas, para a minha sorte, ele compreendia e respeitava a minha posição, dizendo a todo momento que ainda teríamos a vida inteira para ampliarmos a nossa família. Eu acreditei.

Quando, enfim, terminei o curso de ciência criminal, Adam sugeriu que fizéssemos uma viagem, para comemorarmos a minha conquista, já que eu havia me formado com louvor, tendo sido, inclusive, escolhida para ser a oradora da turma. Ele disse que teria de ir a Londres à trabalho, e que poderíamos aproveitar a oportunidade para passearmos pela cidade.

— Londres é uma cidade linda e encantadora e, enquanto eu estiver em reunião com clientes, você pode passear pelas ruas e explorar a sua cultura. E, no meu tempo livre, poderíamos ir ao teatro, nos esbaldarmos com a sua rica gastronomia e até mesmo fazer algumas compras nas agitadas ruas de comércio da cidade. Que tal? — Adam me olhou com o olhar de cachorro abandonado que ele sempre fazia, quando queria me convencer de algo.

— Acho a ideia maravilhosa. Aliás, como tudo o que você me sugere, meu amor!

A viagem para Londres viria a calhar, já que, ultimamente, por conta dos eventos sociais que não nos davam trégua, não tínhamos muito tempo para desfrutarmos da companhia um do outro.

E lá fomos nós. Enquanto Adam se reunia com seus proeminentes clientes, eu explorava a encantadora Londres. Ele havia disponibilizado um carro com chofer, para que eu pudesse me deslocar confortavelmente pela cidade, já que o frio naquela época do ano era intenso.

Como qualquer outra turista, eu assisti à troca da guarda real no Palácio de Buckingham, vi o Big Ben, andei na famosa London Eye, caminhei pelas ruas do Hyde Park e desfrutei de um delicioso passeio de barco ao entardecer pelo rio Tâmisa. À noite, quando enfim eu tinha a companhia de Adam, saíamos para desbravar a efervescente vida noturna londrina.

Quando voltávamos para o nosso luxuoso quarto de hotel, depois de nos amarmos, deitávamos exaustos e saciados, até que chegasse o dia seguinte, quando toda a diversão novamente se iniciava.

No nosso último dia em Londres, decidi passear pela Oxford Street, onde pude comprar acessórios e roupas de grife. Para Adam, eu havia optado por refinada gravata de seda, no tom vermelho vívido, e para Dara, uma linda bolsa da marca Hermè. Eu estava indecisa com relação ao presente que deveria comprar para Eleanor, mas quando vi um sobretudo da Chanel todas as dúvidas se dissiparam, pois ele pareceu ter sido feito sob encomenda para ela.

Para mim, comprei belos pares de sapatos da grife Louboutin, bolsas da Givenchy e um lindo vestido Armani. Afinal, com a vida social extremamente agitada que levava, eu tinha que estar sempre vestida de modo impecável e luxuoso, e Londres era o lugar perfeito para fazer esse tipo de compras.

Saí de uma das lojas com as mãos carregadas de pacotes, mas, para o meu deleite, Julian, o chofer, logo apareceu para me ajudar. Ao lhe entregar os pacotes, me peguei novamente pensando na sorte que eu tinha de ter me casado com o Adam.

Definitivamente, eu havia abandonado a frágil e sofrida Olívia e me tornado uma mulher bem casada, abastada, refinada, estudada e membro da alta sociedade da Irlanda. E essas duas Olívias eram como óleo e água.

Exausta, decidi voltar para o hotel, para tomar um revigorante banho na ampla banheira do quarto e me aprontar para sair com Adam mais tarde. Quando o carro imbicou na entrada do hotel, notei que ele estava parado em frente à porta principal, conversando com uma mulher loira, que, por estar de costas, não pude reconhecer de pronto. "Deveria ser uma de suas clientes", pensei. Quando olhei novamente, notei que Adam acariciou o rosto da estranha do mesmo modo como ele costumava acariciar o meu, revelando que ambos eram íntimos. Estremeci.

— Adam... — gritei, abrindo a porta do carro o mais rápido que pude, para que ele parasse aquele gesto. Quase caí. E, ao ouvirem o meu chamado, ambos se viraram e me olharam assustados, como se eu fosse uma alma penada ou coisa que o valha. A mulher era Eleanor!

— Olívia, querida, veja só que coincidência — disse Eleanor, desvencilhando-se do meu marido e vindo em minha direção. — Eu estava caminhando pelo saguão do hotel e me deparei com Adam e, agora, com você! Não é maravilhoso? Cheguei ontem em Londres. Vim à trabalho e já estava nos meus planos procurá-los hoje à noite.

Olhei para o Adam e notei que ele parecia estar numa espécie de transe. "Havia algo errado", conclui.

— Sim, muita — declarei sem muito entusiasmo.

Uma intrigante coincidência, na verdade, pois eu havia comunicado à Eleanor sobre a nossa ida a Londres, e ela nada me disse acerca da sua. Aquele estranho encontro me fizera questionar mentalmente se estaria Eleanor tendo um caso com Adam. Com as batidas do coração aceleradas e as mãos trêmulas, tentei não entrar em pânico, me socorrendo à lembrança dos sábios conselhos da Dara, de que eu deveria deixar de ser negativa e receber as dádivas que a vida me dava, sem esperar sempre pelo pior. Estava tudo bem. "Eleanor deveria ter tido um trabalho de última hora", concluí, afastando de pronto os maus pensamentos e controlando o meu desespero e a angústia que aquele encontro me causara.

Como se nada tivesse acontecido, rumamos os três para o restaurante do hotel, onde passamos o resto do final da tarde tomando chá e comendo biscoitos amanteigados dinamarqueses. Conversamos sobre tudo um pouco e aproveitamos o máximo o tempo que ainda restava da nossa estadia naquela encantadora cidade.

– Vinte e Dois –

Diante do sucesso da sua exaustiva e trabalhosa campanha, Adam foi eleito ao cargo de presidente da Ordem dos Advogados da Irlanda, em um agradável final de tarde de inverno. Por meio de uma grandiosa e elegante cerimônia solene, ele se tornou o centésimo quadragésimo oitavo presidente da tradicional e renomada entidade dos advogados.

Enquanto relia o seu discurso de posse, observei que Dara e Eleanor, juntamente com os pais de Adam, Harry e Fionna, estavam sentadas em uma mesa especialmente reservada para os familiares do presidente, a qual havia sido posicionada em frente ao púlpito.

Dara me acenou sorridente, notavelmente orgulhosa com a conquista de Adam. Assim como ela, Eleanor me cumprimentou com um largo sorriso estampado em seu rosto e não pude deixar de notar que ela estava mais bonita do que nunca no seu traje formal. Era confortável tê-las sempre por perto, e os laços da nossa amizade se estreitavam a cada dia.

Ao ser anunciado, Adam se levantou e se dirigiu ao púlpito, para dar início ao seu discurso de posse. Na lateral do palco, fui espectadora cativa da sua láurea.

— Membros do conselho, advogados, familiares e amigos: é um privilégio ter sido eleito por vossas senhorias, para assumir o cargo de presidente dessa tão prestigiada e renomada entidade. Em primeiro lugar, eu gostaria de agradecer a minha esposa Olívia, pelo apoio incondicional na longa e árdua trajetória até à presidência. Minha querida, o seu constante incentivo foi fundamental para que eu chegasse até aqui. Como diz o adágio popular "Atrás de um grande homem existe sempre uma grande mulher" — Adam se virou em minha direção e me soprou um beijo. Encantada e orgulhosa, retribui, com lágrimas nos olhos. Ele, então, se virou e continuou o seu discurso.

— Eu também gostaria de agradecer à minha grande parceira e braço direito, Rebecca Jones, que vem desempenhando um papel fundamental na O'Brien's Law Firm. Rebecca, eu sinceramente não sei o que eu faria sem você — disse Adam, acenando para a tímida assistente, que apenas retribuiu o aceno.

— Agradeço, ainda, ao Joe e Peter, pelo apoio e parceria incondicionais, sem se falar, é claro, da agradável companhia nas intermináveis e exaustivas tardes que passamos juntos durante a nossa campanha. Eu não teria conseguido sem vocês, rapazes!

Joe e Peter vibraram com o reconhecimento público feito pelo novo presidente da Ordem dos Advogados.

Mais uma vez, Adam consultou as suas anotações, antes de dar continuidade ao seu discurso.

— Senhoras e senhores, eu me sinto honrado, empolgado e, acima de tudo, humilde em assumir a presidência dessa entidade da qual fazemos parte, em especial neste momento crucial para a nossa profissão e para o nosso país. Mudanças trazem com ela demasiados desafios, mas também grandes oportunidades.

Assim como no plenário do júri, Adam hipnotizava os espectadores com a sua performance no discurso de posse da presidência. Fazendo uso de pausas estratégicas, ele discursava e gesticulava de modo apaixonante e caloroso.

Ainda de pé no canto do palco, eu o observava orgulhosa, elegantemente trajada em um vestido Chanel longo azul marinho e um delicado colar de pérolas, minuciosamente escolhidos para a ocasião. Eu havia me tornado uma dama, e, pelo que soube, era admirada e respeitada pela mais alta sociedade irlandesa. Mas, internamente, pouco ou quase nada havia mudado dentro de mim, devo confessar. Eu ainda me sentia a pobre menina abusada, que mendigava por amor. Adam não me poupava carícias e demonstrações de amor, mas, por mais estranho que isso pudesse parecer, não eram suficientes. Era como se, por mais que ele se esforçasse, ele jamais iria conseguir consertar o meu coração partido e apagar as cicatrizes do meu passado. Eu era uma jovem mulher no corpo de uma velha menina.

    O jantar de gala marcou o início dos trabalhos da diretoria eleita. Adam caminhava de mesa em mesa, cumprimentando e agradecendo a todos os convidados pelo apoio na campanha. Depois de acompanhá-lo por mais de uma hora, decidi abandoná-lo e procurar Dara e Eleanor, para um *drink*, pois já passava da hora de bebericar algo. Eu não era muito de beber em lugares públicos, mas uma bebida, naquele momento, parecia uma excelente opção para relaxar. Dara foi a primeira que encontrei na minha busca. Ela era um alvo fácil, já que estava imóvel junto ao balcão do bar, com a sua bebida na mão.

    — Ora, veja só você! O patinho feio se transformou em um cisne — não pude deixar de sorrir com o seu comentário, que, cá entre nós, não poderia ter sido mais realista.

    — E você não está nada mal, hein! — assim como Dara, me servi de um espumante e, com as nossas taças de cristal em riste, brindamos alegremente à conquista do Adam.

    Depois de termos saciado as nossas vontades, ficamos paradas próximas ao bar, observando o vai e vem das pessoas ricas e elegantemente trajadas que por ali transitavam. Eram a nata da sociedade.

    — Onde está o Adam?

    — Eu não faço ideia. Não consegui acompanhá-lo nas andanças de mesa em mesa e por isso vim procurá-la. Você bem sabe que eu não me sinto muito confortável nesse tipo de evento.

    — Mas vai ter de se acostumar, não é mesmo? — com a eleição do Adam ao cargo de presidente, eventos sociais passariam a ser rotineiros em nossas vidas.

Foi então que voltamos as nossas atenções para um canto isolado do salão, onde Adam e Eleanor se encontravam. Trajando um longo vestido preto, com abertura nas laterais das pernas, ela, exalando beleza e sensualidade, sussurrava algo no ouvido do Adam. Aos vê-los, estremeci, pois tive a impressão de que eles não pareciam amigos, mas sim amantes, tamanha a intimidade de ambos.

— O que será que ela deve estar sussurrando no ouvido de Adam? — perguntei intrigada, deixando entrever a minha desconfiança à Dara.

— Oras, deve estar cumprimentando o seu marido pela bela conquista. Eu mesmo já o cumprimentei toda orgulhosa, quando nos cruzamos há alguns minutos no salão — Dara, como sempre, tentou não dar muita importância a algo que nitidamente era estranho.

— Não é a primeira vez que os vejo numa situação suspeita, sabia?

— Como assim, Olívia? — ela me pareceu genuinamente intrigada.

— Quando estávamos em Londres, eu os encontrei juntos em frente ao nosso hotel. Eles pareciam íntimos, até demais, para ser sincera, e, quando me viram, ficaram atônitos, como se tivessem visto uma alma penada. Eleanor foi logo desatando a falar o motivo pelo qual estava em Londres e porque não havia comentado antes que iria àquela cidade. Adam ficou imóvel e calado, o que me chamou a atenção. A reação dos dois ao me verem me fez acreditar que algo estava estranho. Você acha que eu devo me preocupar?

— Eleanor é uma boa amiga e a ama, Olívia. Acredito que ela seria incapaz de lhe fazer algum mal. Ela está apenas cumprimentando o Adam, pode ter certeza disso. Eles também são amigos.

— Espero que você esteja certa.

— Querida, você tem que parar com essa mania de pensar sempre no pior em relação a todos e a tudo ao seu redor. Aquela sua fase de tristeza e dor ficou para trás, menina. Você tem que seguir em frente e esquecer esse tempo, que certamente não mais há de voltar.

— Estou tentando, Dara. Juro que estou... — nesse momento, os olhos de Eleanor encontraram os nossos, que ainda os fitavam fixamente, enquanto conversávamos. Nitidamente sem jeito, ela se despediu de Adam e caminhou em nossa direção.

— Mas que bela festa, não é mesmo? — disse ao se aproximar. — Eu também quero uma bebida, meninas!

Passei as duas horas seguintes tentando digerir as minhas suspeitas e não as deixar transparecer à Eleanor ou quem quer que fosse, mas foi difícil. Algo me dizia que eu deveria voltar os meus olhos para ambos e ser vigilante. E toda aquela segurança e força, que até uma hora atrás dominavam a minha mente e meu o corpo, desapareceram como um passe de mágica. "Seria Eleanor capaz de pôr em risco o meu casamento e a nossa amizade? Será que uma pessoa machucada seria incapaz de confiar novamente em alguém e ser plenamente feliz? Teria eu de viver para sempre com os fantasmas do passado assombrando o meu futuro?".

Eu não tinha as respostas para aquelas perguntas, e por isso resolvi ignorar as minhas dúvidas e continuar nadando, como sempre fiz, para que eu não me afogasse em um mar profundo de lamentos e incertezas.

– Vinte e Três –

Nos meses que se seguiram à posse do Adam, raramente nos encontramos, pois ele estava sempre ocupado com os compromissos do escritório e aqueles assumidos junto à presidência da Ordem dos Advogados da Irlanda. Parecíamos o sol e a lua, mas, quando nos encontrávamos, nos amávamos de forma apaixonada, intensa e explosiva, como se quiséssemos compensar o tempo perdido.

Betina era de tamanha competência, que pouco me restava no que se referia às tarefas do lar. Ela cuidava de absolutamente tudo, em especial, de mim. Confesso que, no início, ser servida e cuidada por uma estranha me deixou desorientada e desconsertada, mas logo me acostumei. Dizem que nos acostumamos facilmente com o que é bom e eu posso dizer que foi exatamente isso que aconteceu comigo. Aquela era a minha nova vida, o meu novo lar, e cabia a mim dançar conforme a música que estava tocando, relaxando e aproveitando as regalias que o casamento com o Adam havia me proporcionado.

Com tanto tempo ocioso, decidi que já estava na hora de eu procurar um emprego. Não que eu precisasse do dinheiro, mas para que mantivesse a minha mente ocupada e sã, livre de eventuais maus pensamentos, que, infelizmente, sempre me rodeavam.

Desde o dia do jantar de posse da presidência da Ordem do Advogados, eu não conseguia parar de pensar no modo como Adam olhara para Eleanor. Eu conhecia aquele olhar, porque comigo tinha sido daquele mesmo modo. Era um olhar de desejo, de admiração e, por isso, algo me dizia que eu não podia baixar a guarda. E, a partir daquele dia, seguindo o meu instinto, passei a observar mais de perto os movimentos do meu marido, durante o pouco tempo que passávamos juntos, é claro.

Com a ajuda de Adam, eu consegui um emprego como professora em uma universidade em Dublin, onde assumi a grade de criminologia. Os meus dias, antes bucólicos e ociosos, passaram a ser agitados e exaustivos, porém, gratificantes. Lecionar era prazeroso e me realizava plenamente como profissional, em especial quando eu vislumbrava os olhares dos alunos vidrados com a transfusão de informações que ali acontecia diariamente.

A primavera se despediu, dando lugar ao verão, e eu, cada vez mais, me aprimorava no meu mister. Minha dedicação, todavia, não passou despercebida ao reitor da universidade, que não poupava elogios perante os meus pares. Em pouco tempo, eu me tornei uma figura conhecida no meio acadêmico, o que me fez pensar que a tia Anne estava errada, pois eu não era nem de longe tão imprestável como ela dizia.

Numa linda e ensolarada tarde de verão, Adam e eu fomos caminhar pelo entorno da nossa propriedade. Durante a caminhada, conversamos sobre tudo um pouco e fizemos planos sobre as próximas viagens que faríamos e os lugares que gostaríamos de visitar. Adam me colocou a par dos seus trabalhos junto à Ordem dos Advogados, dos novos e promissores clientes que havia angariado para o escritório e sobre o excelente trabalho que Rebecca estava fazendo frente à gerência da sociedade. Enquanto ele falava e me fitava, eu apenas sorria e pensava o quanto o tempo havia sido generoso com a sua aparência. Ele parecia mais maduro e seguro, o que lhe deixava ainda mais charmoso.

— Olívia, você não acha que já está na hora de aumentarmos a nossa família? — perguntou o charmoso advogado, carinhosamente.

— Ainda não estou preparada, Adam. Eu sinto muito...

— Não sinta, meu amor. Eu entendo e respeito a sua decisão!

Ao voltarmos para casa, depois de nos servirmos de uma taça de vinho em uma linda taça de cristal que havíamos ganhado de presente de casamento, fizemos amor e, uma vez saciados, aninhamos os nossos corpos e dormirmos profundamente, até que eu acordei ao ouvi-lo chamar o meu nome.

— Olívia, você poderia, por favor, pegar o barbeador, que está dentro da minha maleta de trabalho preta de couro? — Adam estava no banheiro tomando banho, enquanto eu ainda estava deitada na cama, após a revigorante soneca da tarde.

Ainda sonolenta, caminhei lentamente até a poltrona do quarto, onde a sua maleta preta estava. Do chuveiro, Adam cantarolava em voz alta antigas canções, o que me fez sorrir. Ele sempre fazia isso. Dentro da maleta havia diversos documentos, o que me fez questionar se não seria perigoso misturá-los ao barbeador. Devo lhe comprar uma *nécessaire*, de modo que os seus documentos fiquem a salvo, disse a mim mesma.

Entre os papéis que ali estavam, me deparei com duas passagens aéreas. "Estaria Adam me preparando uma surpresa?". Dentro de poucos dias seria o nosso aniversário de casamento, e acreditei que aquelas passagens aéreas poderiam fazer parte de alguma surpresa que Adam estava preparando para comemorá-lo. Foi então que eu avistei o nome de Eleanor Murphy impresso no segundo bilhete aéreo. "Eleanor!" Meus instintos estavam certos: eles estavam tendo um caso. Embaixo do seu nome indicava que Ibiza era o destino da viagem.

Com as mãos trêmulas e a boca seca, devolvi rapidamente as passagens aéreas cuidadosamente no lugar que as encontrei, e tratei de procurar o barbeador. Enquanto eu vasculhava a maleta, minha mente trabalhava a todo vapor, em busca dos motivos que teriam levado o Adam a me trair. E, no mesmo tempo que encontrei o barbeador, concluí que eu era a única culpada pela traição. Adam buscava em Eleanor algo que eu não lhe podia dar. Só pode ser isso. "O que mais poderia ser?". Com o barbeador nas mãos, entrei no banheiro e tentei ao máximo não demonstrar a minha tristeza e angústia. E pelo visto deu certo, pois Adam nada disse.

Durante o resto do dia me martirizei pela traição. Como um chicote cortando a minha pele, cada pensamento negativo que vinha em minha mente feria a minha alma, e a dor era dilacerante. Eleanor pertencia ao mundo de Adam, e eu sabidamente não. Ela era uma bela mulher, de uma tradicional e abastada família irlandesa, sem falar que ela era uma profissional renomada na área em que atuava. E o melhor de tudo, ela não carregava consigo os pesados traumas do meu passado.

O dia seguinte foi ainda pior. Os meus pensamentos estavam cada vez mais confusos e, de vítima, passei a perseguidora. Adam e Eleanor tinham que sofrer. A traição não poderia passar impune; não mesmo. Eles teriam de pagar pelo que fizeram e o preço teria de ser alto. Eu só não sabia o quanto e como fazê-los sofrer.

Passada a raiva, no entanto, fui novamente dominada pela sensação de culpa. "Por que Adam estaria me traindo? Em que aspecto eu havia falhado? O que Eleanor teria para lhe dar que eu não estivesse dando?". E, entre um choro e outro, me dei conta de que a tia Anne estava certa: "eu era e sempre seria imprestável".

— Está tudo bem com você, querida?

— Está sim, meu amor.

— Você parece estar preocupada com algo...

— De modo algum. Acho que estou apenas cansada — e, dito isso, Adam se deu por satisfeito e não voltou mais a me questionar naquele dia.

Nas semanas que se seguiram, eu apenas sobrevivi. A correnteza dos afazeres diários me deslocava involuntariamente de um lado para o outro, sem que eu sequer me desse conta de onde vinha e para onde estava sendo levada. Isso é o lado bom da vida: quando você não sabe para onde ir, boiar, a maioria das vezes, é a melhor opção.

Os meus sentimentos se alternavam entre culpa e fúria. Volta e meia eu me pegava olhando para o Adam com raiva, me segurando para não o esbofetear a qualquer momento, fúria essa que somente cessava quando cedia lugar à culpa.

E o mesmo acontecia em relação à Eleanor. Eu estava com raiva, muita raiva e me questionei qual seria a minha reação ao encontrá-la novamente. Melhor, portanto, seria evitar qualquer tipo de contato, pelo menos até que a poeira baixasse e eu recobrasse a razão. Mas de uma coisa eu estava certa: nenhuma atitude poderia ser tomada enquanto os meus ânimos estavam à flor da pele. Eu teria de dar tempo ao tempo.

Os dias foram passando e eu deixando a correnteza me guiar, como havia feito em tantas outras ocasiões na minha vida, onde o golpe sofrido fora forte demais para eu me levantar.

Não conseguia deixar de pensar na traição, e a mágoa e raiva estavam me consumindo lentamente. Eu fui traída duplamente: pelo meu marido e pela minha melhor amiga. E o caso, pelo visto, vinha se arrastando há um tempo bem embaixo do meu nariz, o que era pior. Se tivesse se tratado de uma traição isolada, com uma pessoa qualquer, certamente a minha mágoa não seria dessa grandeza e acredito que eu perdoaria Adam sem titubear, mas com Eleanor era dolorido demais para aceitar.

Para o meu alívio, foram poucas as ocasiões em que estive com Adam depois daquele dia, por conta da sua vida atarefada no trabalho, e nos raros momentos em que passamos juntos, consegui esconder a dor e a revolta que sentia.

Quando o dia da viagem para Ibiza se aproximou, Adam me avisou que iria se ausentar por uma semana. Segundo me disse, havia um cliente em potencial na Espanha e, se fechasse negócio, iria alavancar o escritório a patamares nunca alcançados. Enquanto ele falava, eu apenas o fitava e concordava, como uma atenta espectadora de ator no melhor do seu desempenho em uma peça teatral. Adam, então, me olhou e disse:

— Não fique triste, meu amor! Logo, logo, estarei de volta e irei compensá-la pela minha ausência.

Interpretando o papel passivo que me cabia, forjei um sorriso, o qual foi se abrindo lentamente.

Adam estaria fora por alguns dias, que seriam suficientes para eu processar e digerir tudo aquilo, o que eu vinha evitando fazer nos últimos dias, numa nítida demonstração de fraqueza. Mas era chegada a hora de enfrentar o problema e procurar alternativas para resolvê-lo, fosse qual fosse o preço que eu tivesse que pagar, e ele certamente seria caro. Contudo, caberia a mim decidir se eu deveria perdoá-lo e seguir em frente com a nossa vida amorosa, segura e luxuosa, ou se eu deveria confrontá-lo, mesmo ciente dos riscos e das perdas atreladas a essa opção.

E foi então que, num piscar de olhos, e ainda enquanto Adam estava arrumando a sua mala para a viagem, é que eu me dei conta de que eu já sabia exatamente o que eu deveria fazer com relação ao meu casamento. Quanto à Eleanor, eu já havia decidido o seu destino: ela tinha de ser extirpada para todo o sempre da minha vida. Quanto ao resto, o destino se encarregaria de cuidar.

– Vinte e Quatro –

As festas de final de ano pareciam intermináveis, diante dos inúmeros eventos que tínhamos de comparecer, por conta dos compromissos sociais assumidos pelo meu marido. Mas, mesmo exaustos, não faltávamos a uma comemoração sequer.

Rebecca organizou uma linda e grandiosa festa para os advogados da sociedade e todos pareceram desfrutar da ocasião. Eles haviam angariado expressivas carteiras de clientes naquele ano, proporcionando um aumento significativo no faturamento da sociedade, e aquela era a ocasião para celebrar as suas conquistas.

Adam deslizava pelo salão, cumprimentando e elogiando todos os presentes, com o charme e cavalheirismo que lhe eram peculiares. Dara e eu conversávamos como duas adolescentes, quando, então, Eleanor se aproximou. Infelizmente, não consegui evitar a sua presença naquele evento, sem que deixasse transparecer ao astuto advogado os verdadeiros motivos pelos quais eu não gostaria que ela fosse convidada para a celebração.

— Olá, meninas! Por onde têm andado? Sinto falta dos nossos encontros semanais — Dara tomou a frente da conversa, o que muito me agradou.

— A gerência do hospital tem me mantido bastante ocupada nessa época das festas de final do ano. Estou organizando três eventos ao mesmo tempo, os quais estão me tirando o sono. Uma verdadeira loucura, mas confesso que eu estou adorando — tanto Eleanor quanto eu sorrimos ao ver o seu genuíno entusiasmo.

— E você, Olívia, o que tem feito ultimamente?

Sem fitá-la nos olhos, respondi laconicamente:

— Também ando ocupada com questões da universidade e com os compromissos sociais do Adam, que parecem infindáveis.

— De fato, essa época do ano é bastante agitada. Eu mesma estou com toda a minha agenda preenchida até janeiro do ano que vem. Não me resta tempo para nada, a não ser para vocês, é claro, que têm preferência a qualquer evento — "E o Adam, é claro", pensei comigo mesma.

— Bom, vou dar uma volta pelo salão e tentar me socializar um pouco mais. Quem sabe eu encontro um homem solteiro, bonito e rico, com quem eu possa me casar.

Mas o fato é que ela já o havia encontrado. O único senão era que esse homem já estava casado, e comigo. Seria cômico, se não fosse trágico.

— Se encontrar dois, me avise! — disse Dara, alegremente, voltando-se para mim, em seguida e questionando:

— Está tudo bem com você, Olívia?

— Sim. Por que todo mundo fica me perguntando isso? — teria eu deixado transparecer a mágoa e a raiva que eu sentia por Eleanor. Entrei em pânico.

— Parece estranha. Não sei ao certo o que é, mas posso afirmar que está aérea, como se estivesse em outro lugar que não aqui.

— Acho que é por conta das festas de final de ano. Elas sempre me deixam triste, devido ao meu passado — disse, no intuito de desviar o foco da conversa.

— Mas você não vive no passado, mas sim no presente, o qual é cheio de amor, paz e realizações. Não tem de lamentar, mas sim celebrar e agradecer as bênçãos recebidas.

— É verdade, Dara. Obrigada por sempre me animar.

Ao contrário dos convidados, eu não me diverti um minuto sequer durante a festa do escritório. Não foram raras as oportunidades em que tive de fazer um esforço hercúleo para disfarçar a minha tristeza e a fúria que eu sentia quando Eleanor se aproximava. E, quando ela se distanciava, eu a mantinha o tempo todo na mira, esperando qualquer atitude suspeita junto ao Adam. Mas, para a minha surpresa, nada de estranho aconteceu naquela noite.

Adam se relevou extremamente atencioso após o seu retorno da viagem para Ibiza, o que me fez questionar se algo teria acontecido com o *affair*. "Teria ele perdido o encanto? Teriam os amantes discutido? Não estariam mais juntos? Teriam se arrependido?". Eu tinha tantas perguntas e nenhuma resposta. Jamais iria saber o que, de fato, aconteceu naquela viagem, para que Adam mudasse o seu comportamento para comigo. Seja como for, ter novamente meu marido tão próximo, me mimando constantemente, acalentou um pouco a minha alma tão calejada.

"As pessoas erram", eu pensei. Adam havia errado. Tinha sido infiel, mas, ao que tudo indicava, diante do seu comportamento amoroso e atencioso, ele estava arrependido. Tinha voltado para os meus braços, para o aconchego do nosso lar. Bastava apenas saber se, ainda que nenhum dos dois mencionassem a traição, seríamos capazes de superá-la e seguir em frente com o nosso casamento, em nome da nossa família, felicidade e do nosso amor. Infelizmente, isso só o tempo poderia me dizer.

Naquele mesmo ano, resolvemos comemorar o Natal na nossa casa, com a presença dos pais de Adam. Inventei uma desculpa qualquer para convidar apenas a Dara, deixando de fora Eleanor, a qual ele acatou sem questionar, o que veio a reforçar as minhas suspeitas de que, muito provavelmente, o caso dos dois tinha terminado.

Betina me ajudou com os preparativos para a festa, com a eficiência e o capricho que lhe eram característicos. Enquanto eu orquestrava os toques finais da decoração da mesa onde seria servida a ceia, Adam se ocupava com questões do trabalho e volta e meia ele vinha em minha direção e me beijava ternamente na testa, como de costume. Lembro-me de ter acreditado piamente que tudo tivesse voltado a ser como era antes da traição e que o nosso casamento havia apenas passado por uma crise; uma provação, que havíamos superado.

Harry e Fionna foram os primeiros a chegar e não pararam de tecer elogios quanto ao clima festivo da casa, em especial com relação ao imponente pinheiro de natal, que havia sido estratégica e ricamente decorado e montado ao lado da lareira. O seu cheiro estava espalhado por toda a casa. Com Dara não foi diferente. Antes de iniciarmos a nossa ceia, ela tirou diversas fotografias de cada detalhe da decoração com o seu celular, dizendo que as mostraria às colegas no trabalho, tamanha beleza e luxo.

Na ceia, como não poderia faltar numa típica casa irlandesa, foi servido de entrada um *cocktail* de camarões e, como prato principal, um suculento peru recheado, acompanhado de batata, cenoura, nabo e couve-de-bruxelas. A comida estava saborosa e pude observar que Adam e seu pai se serviram mais de uma vez. Como sobremesa, servimos *Christmas Pudding*, de modo a manter a tradição do meu país.

Uma vez saciados com a farta ceia, pegamos as nossas taças de vinho e nos acomodamos junto à lareira acesa, pois era chegada a hora de trocarmos presentes, que estavam sob a árvore de Natal. O clima não poderia ser mais festivo e caloroso, típico dessa época do ano. Dos presentes que ganhei naquele dia, o que ainda levo comigo é um colar dado pela Dara. Junto à corrente de ouro branco, havia um belo relicário, com as nossas fotografias. Uma doce e delicada lembrança da nossa amizade e do amor fraternal que sentimos uma pela outra.

— Agora, você não terá desculpas. Terá de me carregar junto de si para onde quer que for! — e ela estava certa, já que até hoje carrego em meu pescoço o colar e o relicário com as nossas fotografias, que me fora dado com tanto amor pela doce enfermeira.

— Senhora O'Brien, telefone para a senhora. É a senhora Murphy — me comunicou Betina, na frente dos convidados.

— Que bom! — disse Dara, entusiasmada. — Tentei falar com ela durante toda a manhã, mas o seu celular só caía na caixa postal. Vou aproveitar a ligação para lhe desejar um feliz Natal, se não se importar, é claro.

Diante da reação de Dara, não tive como deixar de atender ao telefonema, sem que deixasse suspeitas entre os demais convidados.

— Alô? — estranhamente, todos pararam as suas conversas paralelas e me olharam atentamente.

— Feliz Natal, minha querida! Faço votos de que o espírito natalino esteja sempre em vosso lar. Repasse os meus votos a todos presentes, por favor.

— Feliz Natal, Eleanor! Adam e eu desejamos o mesmo a você e à toda a sua família.

— E como estão as comemorações?

— Está tudo maravilhoso — disse de maneira educada, porém, lacônica. Eu não queria de jeito nenhum prolongar a conversa.

— Ganhou muitos presentes? O seu está aqui comigo, guardado junto com o da Dara. Temos de marcar um encontro depois das festas, para eu entregá-los a vocês — por mais que eu tentasse, percebi que não iria me safar facilmente daquele bate-papo frívolo.

— Quanta gentileza sua! Assim que as festas de final de ano passarem, marcaremos algo, com certeza. E no mais, está tudo bem?

— Eu não poderia estar mais feliz. Olívia, estou grávida!

— Grávida?!!

– Vinte e Cinco –

— Cheguei em uma má hora? — perguntei, ao adentrar a sala de Adam, localizada no final do corredor do luxuoso escritório de advocacia.

— De modo algum, meu amor. Você é e sempre será bem-vinda neste escritório, até porque ele também lhe pertence, por direito!

Ao contrário de mim, que não conseguia focar em nada mais, depois do anúncio da gravidez de Eleanor, Adam tocou a sua vida como se nada tivesse acontecido, o que me fez questionar se o filho que ela carregava no ventre seria realmente dele.

Calmamente, com um pássaro recolhe gravetos para formar um ninho, caminhei pelos cantos da sala, admirando o requinte da decoração. Na estante ao lado da mesa em que Adam estava sentado, tinha inúmeros livros com capas antigas, os quais posso afirmar que ele não lera nem a metade. Eram decorativos, com a mais absoluta certeza.

Peguei uma ampulheta que posava sobre o que estava na estante, igualmente para decorá-la, e durante alguns segundos observei os grãos de areia escorrerem para a parte inferior do objeto, intermitente e pacientemente. Devolvendo-a ao móvel, me virei para Adam e falei:

— Estava passando pelas redondezas e decidi visitá-lo. Tem compromissos para o almoço?

Adam levantou-se da sua cadeira presidencial de couro e caminhou em minha direção. Como sempre, ele estava vestido de maneira impecável e o poder que ele exalava me fascinava. Como se estivesse hipnotizada, não consegui desviar os meus olhos do Adam e notei que o meu coração começou a bater de forma acelerada, só de pensar em perdê-lo.

— Não. Que tal comermos o melhor *beef stew* da região?

Fomos a um pub ali perto e, de fato, Adam tinha razão: o *beef stew* era divino, e até mesmo os vegetais eram mais suculentos e apetitosos que de costume, acredito que por conta do tempero caseiro famoso do local. Durante o almoço, Adam me pôs a par de seus planos para o próximo ano junto à presidência da Ordem dos Advogados da Irlanda, e me confidenciou o seu desejo de concorrer a uma vaga no Senado.

— Senado? Mas isso é fantástico! — De fato, fiquei surpresa com a revelação.

— Sim. Mas são apenas planos, por enquanto. Estou mexendo alguns pauzinhos aqui e ali junto ao partido, mas ainda é muito cedo para dizer se dará certo ou não essa minha pretensão. De qualquer modo, o seu apoio é fundamental para eventual campanha, caso ela venha a se concretizar. Posso contar com você?

— Mas é claro! Mas, Adam... — lembrei subitamente de questões que poderiam frustrar o seu sonho.

— Diga, minha querida!

— Você não acha perigoso? Melhor dizendo, não acha que corre o risco de, durante a campanha, vir à tona a questão do desvio de verbas da Ordem dos Advogados? Bom, você sabe a que assunto eu me refiro, não é mesmo?

— Não se preocupe com isso. Está tudo sob controle! — Adam parecia confiante e sob o controle da situação.

— Bom, em sendo assim, você tem o meu total apoio. Pode contar comigo para o que precisar, como sempre.

— E eu a admiro ainda mais por isso — sorri, como um cão sendo elogiado pelo seu dono.

Após uma pausa e um leve suspiro, Adam continuou:

— Olívia, sei que eu tenho sido um marido ausente e quero compensá-la por isso. Eu te amo e você é muito importante para mim. Em seus braços, querida, é onde eu devo estar, pois é lá que eu encontro paz, segurança e todo o amor que preciso.

Naquele momento, tive a confirmação de que o caso com Eleanor tinha, de fato, terminado. "Mas, e se o filho que ela carregava em seu ventre fosse de Adam?". Um filho fora do casamento poderia pôr em risco a sua proeminente carreira, ainda mais agora com os planos de concorrer a uma vaga ao Senado.

Até então, Eleanor não havia revelado quem era o pai da criança. Quando Dara a questionou numa primeira oportunidade, ela se esquivou. Já na segunda, por sua vez, disse que tinha sido fruto de uma produção independente, mas algo me dizia que eram grandes as chances daquele bebê ter sido gerado durante a tal viagem a Ibiza, por conta do tempo de gravidez. E, caso esse filho bastardo viesse à tona, Adam certamente se sairia prejudicado na disputa à almejada vaga no Senado.

Quando voltei para o aconchego do nosso lar naquele dia, enquanto Betina me servia uma xícara de chá com leite, me dei conta de que o que já era ruim o bastante tinha como piorar, como tudo na vida. Contudo, Adam daria um jeito. Ele tinha que dar. Inteligente e astuto do jeito que era, rapidamente iria arquitetar e orquestrar os seus planos de forma impecável, como sempre fizera na sua vida e até mesmo na minha, depois que me conhecera.

Há algum tempo eu soube que ele estava desviando quantias significantes destinadas à Ordem dos Advogados da Irlanda. Num primeiro momento, entrei em pânico, pois achei que isso poderia vir à tona e nos prejudicar, mas o Adam me garantiu que tudo estava sendo feito de maneira astuta e segura, de tal modo que não teria como as transações serem descobertas. Percebi, com o tempo, que não havia nada que eu pudesse fazer, além de tentar persuadi-lo do contrário, entretanto, por mais que eu tenha tentado nas inúmeras conversas que tivemos sobre essa questão, ele sempre me dizia que estava tudo sob controle e que eu não deveria ocupar a minha cabecinha com essas coisas.

Tentei não mais me preocupar com o assunto, porém, quando ele me informou que havia aberto uma conta bancária em meu nome, na Suíça, e que era para lá que ele estava transferindo as quantias desviadas, entrei novamente em pânico.

— Mas isso é seguro?

— Sim, querida. Não tem como rastrearem o dinheiro e chegarem ao seu destinatário, já que o grande atrativo helvético é justamente o sigilo fiscal. Como eu disse, você não tem que se preocupar com isso, pois está tudo sob controle!

"Estaria mesmo?". Confesso que eu não tinha sequer gabarito para saber ao certo até que ponto eu estaria envolvida nessa fraude, mas cabia a mim aceitar, pois, caso contrário, eu teria de enfrentá-lo, ciente de que isso poderia pôr em risco o nosso casamento, a nossa felicidade. E isso eu não estava disposta a fazer.

— Adam, de quanto estamos falando? — mais do que insegura e temerosa, confesso que eu estava curiosa.

— Cerca de pouco mais de dois milhões de euros.

— Minha nossa! — "Bom, ao menos para alguma coisa eu servia... A imprestável Olívia não era tão imprestável assim, tia Anne."

Depois desse dia, não voltamos mais a conversar sobre o assunto. Foi melhor assim.

A campanha ao Senado agregada às minhas atividades de licenciatura na universidade, mantiveram a minha mente ocupada, soprando para ares distantes os meus pensamentos antes focados na questão da infidelidade. Eu não tinha mais que dividir Adam com ninguém; ele era só meu e isso era tudo o que me bastava naquele momento. Eu voltei a ser o sol e ele o girassol. Estávamos bem e felizes.

Eu estava certa de que aquela fase nebulosa e permeada de mágoas já havia passado e tudo havia voltado a ser como um conto de fadas, como era quando nos casamos. Minha vida, antes em preto em branco, voltou a ter todas as cores do arco-íris. Eu estava segura novamente junto aos braços do meu marido e tinha sobrevivido à tempestade, devendo, então, aproveitar a bonança.

Todavia, não posso negar que a tempestade deixou cicatrizes profundas e doloridas em minha alma, as quais eu teria de carregar para todo o sempre. Mas isso era algo que eu sabia muito bem como fazer.

– Vinte e Seis –

— Ela está morta! — o aparelho celular caiu da sua mão, sem que ele nada mais dissesse.

— Quem está morta, Adam? — o seu olhar estava vidrado, enquanto ele repetia constantemente a mesma frase, como um mantra, e movia o tronco do seu corpo para frente e para trás.

— Ela está morta...

— Adam! Adam, me responda: quem está morta? — tentei chacoalhá-lo, para tirá-lo do transe, mas nada do que eu fizesse parecia capaz de fazê-lo retomar a consciência. Em pânico, aumentei o tom da minha voz, ainda na tentativa de chamar a sua atenção e, para a minha satisfação, dessa vez funcionou.

— Eleanor... Eleanor está morta!

Andam movia o seu tronco como um pêndulo: de frente para trás. Notei que ele estava tendo dificuldade para respirar. Tentei ajudá-lo e, alguns minutos depois, quando a situação se normalizou, pudemos conversar sobre a sua morte.

— O que aconteceu?

— Ela foi encontrada em seu apartamento, mas já sem vida. Ao que tudo indica, ela se suicidou, Olívia. Parece que tomou uma dose cavalar de uma droga fatal.

— Não entendo... ela parecia tão feliz com a notícia da gravidez!

— Eu também não entendo. Ela tinha uma vida inteira pela frente, era jovem e inteligente, sem se falar que tinha um bebê para gerar! Muito triste.

Adam, então, se levantou e pegou o seu celular, que estava caído no chão. — Devemos ligar para os Murphys, para dar as nossas condolências.

Como um zumbi, ele começou a procurar em sua lista de contatos o telefone dos pais de Eleanor. Observando-o, fiquei imaginando o turbilhão de sentimentos que estaria vivenciado aquele homem com o recebimento daquela notícia. Mas uma coisa era certa: Adam estava devastado.

No funeral de Eleanor, por todos os cantos havia burburinhos acerca das possíveis causas que a levaram a pôr fim à própria vida, num evidente ato de desespero. Ela era jovem, bonita, rica e estava em pleno auge da carreira profissional e, o pior de tudo, carregava um bebê em seu ventre e aparentava estar feliz por isso. Seus pais, nitidamente sob efeito de calmantes ou coisa que o valha, não saíram um minuto sequer do lado do corpo da filha, lamentando a todo instante a sua partida.

Dara se aproximou e cumprimentou Adam, que, com um olhar vazio, acenou com a cabeça.

— Que tristeza, amiga. Eu jamais poderia imaginar que Eleanor seria capaz de cometer tal ato. Me sinto culpada, sabia? — disse aos prantos.

— Culpada por quê? — eu estava triste, mas não me sentia culpada. Cheguei a cogitar naquele instante se era assim que eu deveria me sentir…

— Oras, indubitavelmente algo de muito sério estava acontecendo na sua vida, a ponto de ela ter achado que o suicídio era a única saída. E eu, como amiga, deveria ter me atentado para isso e não o fiz — disse Dara, enxugando as lágrimas que rolavam freneticamente em seu rosto. Depois, continuou:

— Soube que ela deixou um bilhete de despedida … — disse a enfermeira, inconsolável.

— Um bilhete? E o que estava escrito? — fiquei preocupada. "Teria ela mencionado algo sobre o caso que teve com o Adam? Ou que era ele o pai da criança?".

— Algo como "eu sinto muito. Não podia levar a gravidez adiante, pois meu filho seria um bastardo." Coitada!

— Nossa, que tristeza. Alguma ideia de quem era o pai do bebê?

— Não, ninguém sabe. Você se lembra que eu cheguei a questioná-la, mas, num primeiro momento, ela desconversou? E quando a questionei novamente, em uma outra oportunidade, ela me disse que era fruto de uma produção independente, e eu acreditei, pois ela era moderna o suficiente para tanto. Contudo, hoje sei que ela mentiu — Dara pareceu ainda mais triste ao relembrar tais fatos. Eu a abracei ternamente, na tentativa de consolá-la, de amenizar a sua dor, pois me compadeci de seu sofrimento genuíno. Me desvinculando do abraço, fitei-a nos olhos e disse:

— Tem coisas na vida pelas quais passamos que nunca iremos entender. Eu aprendi com as minhas experiências do passado que cabe a nós apenas aceitá-las do jeito que são, sem questioná-las ou tentar entendê-las, e seguir adiante — Dara concordou. Viver, sem dúvida alguma, era assim.

Ainda me sentindo pesarosa pelo sofrimento de Dara, tentei desviar a minha atenção, olhando para o meu entorno. Os pais de Eleanor, de mãos dadas, permaneciam imóveis ao lado do corpo, olhavam de maneira vidrada para a filha, como se suplicassem para que ela voltasse a viver. Sem mais lágrimas para brotar em suas faces, movimentavam suas cabeças de modo instintivo para os votos de condolências dados por aqueles que deles se aproximavam. Olhei para o Adam e vi em seus olhos a profundidade da sua dor.

Todos estavam sofrendo, exceto eu. Eu não conseguia sentir dor. Nem mesmo naquele ambiente fúnebre, de profunda tristeza, eu não conseguia chorar, por mais que eu tentasse. Dizem que, 'para uma morte, há diversos lutos', ou seja, embora sofrendo a dor da perda do mesmo ente querido, as reações das pessoas diante da mesma são as mais variadas possíveis. As pessoas ao meu redor choravam copiosamente, mas eu não compartilhava do mesmo sentimento. Nenhuma lágrima, por mais que eu tentasse, saía de meus olhos. A bem da verdade, eu estava aliviada com a sua partida e volta e meia eu me sentia culpada por esse sentimento e até me punia por isso.

A morte de Eleanor resolveu grande parte dos meus problemas daquela época e isso eu não tinha como negar. Eu não mais corria o risco de perder o Adam, tampouco de ter de conviver com o fato de que, ao que tudo indicava, ele havia gerado um filho fora do casamento, aquele que ele tanto desejou e eu vinha me negando, dia após dia, a conceber.

Ao partir, Eleanor me retirou do olho do furacão e me recolocou novamente na minha zona de conforto. Todavia, tal sensação veio acompanhada de culpa, um sentimento diametralmente oposto ao de alívio. E, em meio a esse turbilhão de sensações, comecei a questionar a minha índole. "Seria eu uma pessoa má? Essa sensação de alívio era normal diante do descobrimento da traição? E da gravidez?".

Nos dias que seguiram ao enterro de Eleanor, evitei ao máximo pensar sobre o assunto, não obstante a culpa e o sentimento de alívio não terem me abandonado por um segundo sequer. Evitar problemas era algo que eu fazia desde pequena, já que a minha fraca personalidade não me deixava agir diferente.

Adam lentamente se recuperava da perda de Eleanor, e as nossas vidas pareciam caminhar novamente para a normalidade, mas o sentimento de culpa jamais me abandonou também nesse período. Decidi, então, me abrir com Dara e lhe contar o que eu estava sentindo.

— Pode ser uma espécie de bloqueio pós-traumático ou coisa do tipo. Já ouvi relato de pessoas que se sentiram dessa forma, após a perda de um ente querido. Por que você não procura um profissional, amiga? Sei de um bom psicólogo que talvez possa ajudá-la com isso.

Seu conselho me pareceu bastante sensato e resolvi acatá-lo de pronto, tendo marcado uma consulta para o primeiro dia disponível.

— De fato, o comum seria que você tivesse reagido ao luto da sua melhor amiga com o choro. Essa reação, como eu disse, seria a mais comum, ordinária. Na maioria das culturas, o choro é uma das formas mais comuns de expressão da dor e do sofrimento — o psicólogo se ajeitou na poltrona, tomou um gole do seu café, e continuou:

— Entretanto, não se pode olvidar que há diversos outros fatores que determinam a forma como cada indivíduo reagirá à perda de um ente querido, como a história de vida, a infância, perdas anteriores, sua capacidade de se vincular, o tipo de relação que a pessoa tinha com quem perdeu e etc. — atenta a cada palavra dita, apenas concordei.

— No seu caso, pelo que me relatou, a sua reação nada mais é do que uma resposta à traição. Acho perfeitamente aceitável que você não tenha chorado a perda da mulher que, não obstante ter sido uma grande amiga, a traiu com o seu marido e que estava grávida dele — disse o psicólogo, de maneira fria, porém, objetiva. — Por mais que não chorar ou expressar tristeza diante de uma perda não seja uma reação comum perante a sociedade, ela é extremamente natural no seu caso, diante dos fatos que a envolvem.

— Por que, então, eu me sinto culpada por isso?

— É exatamente esse ponto que iremos trabalhar durante a terapia, Olívia. Mas, antes de tudo, uma coisa tem que ficar clara: você não matou Eleanor. Ela optou por tirar a sua própria vida e nada que você sinta ou pense a esse respeito poderá mudar esse fato, ainda que ele seja difícil de aceitar.

Durante as semanas seguintes à morte de Eleanor, compareci, duas vezes por semana, às sessões de terapia com o psicólogo, as quais me deram forças para continuar enfrentando o dia a dia livre de culpa e lidar com sentimento de alívio que eu estava sentindo e que tanto me incomodava.

Mas as sessões foram por mim interrompidas, quando outras questões da minha vida pessoal passaram a ser o foco das atenções na terapia. "Por que trazer de volta os fantasmas dos meus pais, da tia Anne e do Patrick?". Era óbvio que eu não havia superado os acontecimentos do meu passado, mas, como o próprio nome diz, eles estavam no passado e não havia razão nenhuma para trazê-los para o presente, como pretendia o psicólogo. E, assim pensando, concluí que abandonar o tratamento era a melhor coisa a fazer.

Certo dia, acordei com um barulho estranho vindo da janela do nosso quarto. Era sexta-feira e Adam ainda estava dormindo. Ele havia decidido que trabalharia em casa naquele dia, para me fazer companhia, o que muito me agradou, já que eu estava de férias do meu trabalho na universidade.

Em seguida, ouvi a companhia tocar. Com a ponta dos pés, para não acordar o Adam, abri a porta do quarto e me deparei com Betina, que me fitava com cara de espanto.

— Senhora O' Brien, tem um policial na porta da residência. Ele quer falar com o Doutor O' Brien!

— Um policial! Adam, por acaso você sabe do que se trata? — nesse momento, Adam já estava acordado e estava sentado na beira da cama, ajeitando o cabelo.

— Não deve ser nada! Betina, por favor, diga ao policial que descerei em questão de segundos. Sirva-lhe um chá, enquanto isso.

— Tem certeza que eu não devo me preocupar? Me refiro àquela questão do desvio de dinheiro — perguntei-lhe assim que Betina se retirou da porta do quarto.

— Sim, querida. Como eu lhe disse, tudo está sob controle. Deve ser algo relacionado a algum dos meus clientes do escritório, pode apostar.

Assim eu esperava. O suicídio da Eleanor havia nos poupados do escândalo do filho fora do casamento, mas a descoberta do desvio de verbas seria fatal para os planos do Adam rumo ao Senado.

Uma vez pronto, Adam se dirigiu à sala de estar, onde o policial se servia de uma xícara de chá com leite e comia biscoitos amanteigados como se fossem uma refeição.

— Bom dia, Anderson. O que o traz aqui? — Adam o conhecia em razão de uma das suas diversas atuações criminais na comarca de Naas.

— Bom dia, Doutor O'Brien — disse o policial, estendendo-lhe a mão, em seguida, para cumprimentá-lo. Era nítido que o policial o respeitava. — Vim cumprir um mandado — demonstrando desconforto com a situação posta, o policial continuou. — O senhor está preso pelo assassinato de Eleanor Murphy — disse o homem, ainda mastigando os biscoitos amanteigados que estavam na sua boca.

— Não!!! Ela se suicidou! Faça alguma coisa, Adam! — as batidas do meu coração aceleraram de tal maneira, que eu podia senti-las em meu pescoço. Chorando, apertei o seu braço, na tentativa inútil de não o deixar partir.

Adam, sem demonstrar nenhum sentimento, se virou para mim e disse:

— Ligue para a Rebecca. Deve ser algum mal-entendido, querida. Tudo ficará bem. Está tudo sob controle.

"Por que ele continua dizendo isso, quando, obviamente, não está?", pensei. Os fatos trágicos e devastadores da minha vida pareciam se repetir numa espécie de círculo vicioso, do qual, por mais que eu tentasse, não conseguia me desvencilhar. Primeiro eu havia sido presa, e naquele momento, o Adam.

– Vinte e Sete –

Dias se passaram da prisão do Adam, e desde então não nos encontramos. Era a primeira vez que iríamos nos ver e eu estava bastante apreensiva com o encontro e, em especial, com o que iríamos conversar.

Apesar da minha ansiedade, eu havia dormido relativamente bem na noite anterior, o que contribuiu para uma aparência revigorada e descansada. Andei pelo imenso *closet* do quarto, em busca de uma roupa elegante, mas não muito chamativa, como eu julguei que deveria ser. Optei por um vestido preto sóbrio, elegante, de mangas longas rendadas. Penteei os cabelos, prendendo-os em seguida com um coque, coloquei o par de brincos com diamantes e pedra água marinha azul da cor do céu, que o Adam havia me presenteado, para completar o visual. Quando, enfim, eu terminei de me arrumar, olhei a minha imagem refletida no espelho e fiquei satisfeita com o que vi. Eu estava elegante e bonita, exatamente como deveria ser.

Durante o trajeto para a penitenciária, repassei mentalmente alguns assuntos importantes, os quais eu julguei que não poderiam ser deixados de lado no encontro que eu teria com Adam. Há dias eu havia ensejado o que eu deveria dizer e nenhum detalhe poderia ser esquecido. "Espero que tenhamos tempo suficiente para tanto", falei em voz alta comigo mesmo.

Na penitenciária, ao me apresentar a um oficial carcerário, fui encaminhada ao setor de revista, à qual, mesma contrariada, tive de ser submetida, o que me fez lembrar da época em que estive presa, por conta da acusação de assassinato do Patrick. Terminado tal procedimento vexatório, o agente penitenciário me guiou por um largo e opressivo corredor, pouco iluminado, no qual o ar frio parecia não circular, me dando uma sensação claustrofóbica. O agente parou e apontou para a porta de uma sala, fazendo sinal para que eu entrasse. Ao ingressar no local, me sentei em uma das duas cadeiras que estavam ao lado de uma mesa e aguardei até a chegada do Adam, o que pareceu demorar uma eternidade.

Minutos se passaram até que a porta da pequena sala se abriu e ele entrou, caminhando a passos lentos. Sua fisionomia estava tensa e cansada, muito provavelmente resultado de noites mal dormidas na prisão. Ele não exalava a mesma confiança e segurança de outrora. Pelo contrário, parecia frágil e desanimado. Um pouco triste também, devo dizer.

— Olá, Adam.

— Olá, Olívia — disse, sem me fitar nos olhos.

— Como tem passado?

— Já estive melhor.

— Pelo que soube, Rebecca está no comando do seu caso, o que me leva a crer que tudo está sob controle, como você costuma dizer. Em breve você estará livre; é apenas uma questão de tempo — fui irônica.

— Os Murphys contrataram a melhor banca de advogados da Irlanda. A briga será boa, devo afirmar — Adam ainda evitava me olhar nos olhos, o que era um bom sinal.

— Mas não o bastante para um O'Brien, não é mesmo? Você conseguirá uma boa tese de defesa, como fez no meu caso. Você sempre consegue. Tenho certeza disso.

— Dessa vez é diferente... — ele, então, desviou o seu olhar do chão e me fitou fixamente. Seus olhos, então sem brilho e vazios, ficaram vívidos. — Olívia, sei que você matou o Patrick. Aliás, desde o momento em que aceitei promover a sua defesa, eu já sabia. Entretanto, eu também estava ciente de todo sofrimento que ele havia feito você passar e, por isso, me pareceu uma justificativa plausível que você tivesse cometido o crime. Naquela época, pouco me importava se você era culpada ou inocente. Eu estava loucamente apaixonado por você e queria vê-la fora da prisão o quanto antes, para que pudéssemos ficar juntos, nos casar.

    Vi que lágrimas brotavam dos seus olhos, mas não nos meus. Por mais contraditório que fosse à sua aparência externa, internamente, Adam era fraco. E eu detestava homens fracos. Eles eram patéticos.

— Mas eu sempre soube que você o matou! — por mais que ele parecesse seguro nas suas afirmações, seus olhos buscavam nos meus a confirmação de suas falas, mas eu nada disse.

Olívia provavelmente diria algo do tipo "acredite em mim, Adam, é tudo que eu lhe peço", como o fez, de maneira humilhante, em diversas ocasiões. Essa certamente seria a sua postura diante daquela situação. Ela sempre foi assim: a frágil menina que implorava o amor e a aprovação de todos que dela se aproximassem. Doce e inocente Olívia, vulnerável demais para seguir a sua vida sozinha.

De sua fragilidade, agregada aos abusos constantes daqueles que deveriam protegê-la e afagá-la, fez-se necessário o meu surgimento; a minha intervenção, para a sua salvação.

Não me lembro precisamente o período em que surgi nas nossas vidas, mas sei que foi na infância. Surras após surras, e humilhações diárias, fizeram com que eu fosse criada em resposta a tamanhos abusos, para socorrer a pobre e desprotegida Olívia, e poupá-la de mais sofrimento.

Carente de uma figura adulta, de uma referência de afeto, o meu surgimento se tornou imperioso à sobrevivência daquela inocente menina. E, sempre que fosse necessário, eu entrava em cena e comandava a situação, deixando a Olívia de lado, que sequer se recordaria das coisas que eu teria feito ou dito, quando eu estava no comando do nosso corpo, para nos proteger.

E, naquele momento das nossas vidas, assim como aconteceu em diversas outras ocasiões envolvendo Tia Anne e Patrick, eu tive de assumir o controle novamente, para organizá-las e evitar que Olívia nos causasse sofrimentos ainda maiores do que aqueles que já havíamos experimentado. Era para isso que eu servia. Era essa a função pela qual eu havia sido criada.

— E quanto à Eleanor? Você também a matou? — perguntou Adam com um sussurro, me trazendo de volta à conversa.

— Pelo que eu saiba, as provas encontradas na cena do crime apontam que você o cometeu e não eu, não é mesmo? — novamente, eu estava sendo irônica. Gostava de me portar assim. Me dava prazer.

— Besteira! Você as manipulou! Usou do seu conhecimento em ciência criminal e maquiou as provas para me incriminar. Foi uma jogada de mestre, devo confessar. Você enganou a todos, inclusive a mim — houve uma pausa em sua fala. Adam parecia procurar cautelosamente as palavras que seriam ditas em seguida. — Só não entendo o porquê você fez isso comigo. Eu te amo, Olívia, desde o momento em que a olhei pela primeira vez, soube que você era o amor da minha vida. Eu te salvei e confiei em você, como você mesma me pediu que eu o fizesse...

— Eu não tive outra opção. Ao menos preso, você não fará mais mal à Olívia. Tive de pôr um basta! Eu estava cansada de ouvi-la choramingando pelos cantos da casa, por conta da sua traição com Eleanor, a melhor amiga da pobre Olívia. Isso sim foi uma jogada de mestre, Adam, e tudo isso pelo simples fato de você não conseguir manter o zíper da sua calça fechado.

Adam ficou boquiaberto e nitidamente confuso, absorvendo cada fala dita pela boca daquela mulher, que ele ainda amava. E eu, me deleitando com a sua reação de surpresa.

Era a primeira vez que eu me revelava externamente a alguém, e a sensação que experimentei era prazerosa e libertadora. Gargalhei.

— Tive de assumir o controle do nosso corpo, como sempre o fiz quando necessário, para protegê-la. Não foi a primeira e certamente não será a última que eu terei de fazer isso, já que a Olívia é frágil e incapaz de se proteger; de nos proteger — concluí.

— Assumir o controle?

Olhando-me de forma incrédula, Adam, então, percebeu o que aquela mulher estava tentando dizer. Percebeu que duas personalidades completamente distintas habitavam um só corpo, sendo Olívia a personificação da fragilidade, da pureza, da bondade, e eu da fortaleza, da maldade, da força.

— Adeus, Adam — me levantei e caminhei com o meu traje preto elegante em direção ao grande amor da Olívia. Dei-lhe um beijo tênue na testa, como ele sempre costumava fazer com ela, e o fitei pela última vez nos olhos, como Olívia gostaria que eu o fizesse. Ele, todavia, nada fez.

E assim, pus um ponto final naquele capítulo das nossas vidas, extirpando Adam para todo o sempre dela.

– Vinte e Oito –

O resultado do julgamento do Adam era manchete em todos os principais jornais e revistas da Irlanda. Com todas as provas lhe incriminando, ele foi condenado pela maioria do corpo de jurados pelo assassinato de Eleanor Murphy e demoraria muitos anos até que ele fosse posto em liberdade.

"O proeminente advogado e aspirante à Senador, Adam O' Brien, ceifou, sem piedade, não só a vida de uma bem-sucedida e jovem mulher, filha de uma tradicional e renomada família da Irlanda, mas também do seu próprio filho, o qual ela carregava em seu ventre. Justiça fora feita. Com a sua condenação, a população pode voltar a dormir em paz, pois a segurança e a Justiça ainda reinam em nosso país".

Fechei a página do jornal e me servi de outro gole de chá inglês da minha xícara de porcelana francesa. "É, incriminá-lo, sem dúvida alguma, tinha sido um golpe de mestre", pensei comigo mesmo, nitidamente orgulhosa. Mas não o melhor, ao meu ver.

Depois de ter me apossado de toda a verba que o Adam, de maneira escusa, havia desviado da Ordem dos Advogados da Irlanda para uma conta bancária na Suíça, que, para a minha sorte, ele mesmo havia aberto em nome da Olívia, a nossa situação econômica, que já não era ruim, ficou ainda mais confortável. Mas a nossa riqueza aumentou consideravelmente com o divórcio, quando fizemos jus à metade de tudo o que havíamos adquirido na constância do casamento, o que era muito, já que a carreira do Adam estava em plena ascensão. Sorte nossa.

Na primeira oportunidade que tive após a sua prisão, coloquei à venda as propriedades dos O' Briens e a sociedade de advogados de Adam, a qual Rebecca adquiriu sem titubear. Estávamos ricas e, por conta disso, me sentia mais poderosa do nunca, e não precisava de ninguém por perto, a não ser da vulnerável e doce Olívia, a qual eu tinha o prazer de conviver e o dever de proteger, afinal, foi para isso que eu havia sido criada.

A bem da verdade, aquela não tinha sido a primeira vez que eu tive de assumir o controle do nosso corpo, e tampouco seria a última. Volta e meia eu tinha que intervir em nossas vidas, para arrumar a bagunça que Olívia fazia e acabar com o seu sofrimento, restabelecendo a paz e a segurança.

De fato, não me lembro precisamente quantos anos ela tinha quando eu surgi, mas o momento foi emblemático. Depois de ter sido fortemente esbofeteada pela tia Anne, sem motivo algum, minha identidade foi criada para sobreviver àquele ambiente tóxico, que era o lar em que Olívia vivia durante a sua infância.

"Me bater não irá tornar a sua vida menos miserável, sua vadia! Você é um verdadeiro fracasso, digna de dó!", disse à tia Anne, depois de ter desviado do segundo golpe que certamente me atingiria. Me lembro que ela estava tão bêbada na ocasião, que um leve toque meu fez com que ela caísse no chão, pondo um fim à agressão.

Esse foi o momento da minha criação e, a partir de então, éramos personalidades completamente distintas e independentes, não obstante coabitarmos o mesmo corpo. Resolvi me chamar de Hope, em homenagem ao seu coelhinho felpudo, o qual volta e meia Olívia lamentava a falta.

Nas ocasiões em que eu tinha que entrar em cena e assumir o controle, para que a Olívia pudesse sobreviver às agressões físicas e mentais que gratuita e incessantemente sofria, ela se recolhia em algum lugar da nossa mente, onde permanecia isolada, até que a situação se normalizasse e pudesse reaparecer. E, quando ela o fazia, não se recordava do que eu havia feito ou dito, como uma espécie de amnésia temporária, o que eu julgava perfeito, diante da sua personalidade amável e vulnerável.

A decisão de matar a tia Anne se deu em razão de um comportamento seu que eu julguei repugnante e o qual eu não podia passar impune, ao meu ver. Por não ter a Olívia limpado corretamente o vaso sanitário, segundo o seu critério, é claro, ela a obrigou a tomar um copo de água da privada, o que lhe rendeu uma séria infecção intestinal. Uma vez acamada, assumi o controle do nosso corpo e confabulei o modo como poria fim àquela situação de humilhação extrema pela qual Olívia era submetida, e a sua morte me pareceu ser a melhor opção. Eu só tinha de arquitetar um bom plano, de modo a não deixar rastros da autoria. A doce Olívia jamais poderia pagar por um crime que não cometeu. Ela não suportaria.

Foi então que eu decidi envenenar a tia Anne. E devo confessar que fiquei satisfeita com a ideia de que o envenenamento lhe proporcionaria uma morte lenta e dolorida, exatamente como deveria ser. Oras, nada mais justos, depois de tudo o que tinha feito com a pobre Olívia.

E, ao vê-la acamada, despedindo-se da vida, percebi que, na verdade, eu estava lhe fazendo um favor. Ela não queria, tampouco merecia viver. Pessoas como a tia Anne devem ser extirpadas da sociedade, de modo a privá-las de fazer mal a pessoas boas, como a minha querida Olívia.

Acontece que, ao envenená-la, acabei gerando um outro problema para as nossas vidas: Olívia fora obrigada pela tia a satisfazer os desejos carnais e repugnantes do tio. O que deu início ao planejamento de um novo plano. Ele, assim como a Anne, também teria de morrer. Eu só precisava saber como.

Foi então que, quando soube da gravidez, concordei intimamente com Olívia que fugir seria a nossa melhor opção, pois assim não teria de matá-lo e correr o risco de incriminá-la pela morte do tio. Todavia, quando Patrick tentou impedir a nossa fuga, desferindo em Olívia violentos golpes, um atrás do outro, sem piedade, tive novamente que intervir, para pôr um fim àquelas agressões, ainda que, para isso, eu colocasse em risco a liberdade da Olívia. Era um risco que valia a pena correr.

Assassinar o Patrick foi um dos poucos prazeres que senti desde a minha criação e posso afirmar que foi, sem dúvida alguma, a minha melhor atuação. Coloquei em minhas mãos toda a fúria que eu sentia pelos espancamentos e estupros cometidos ao longo de anos a fio por aquele canalha. Ele tinha que morrer e saber o porquê estava morrendo, e foi exatamente isso que eu fiz, antes de lhe dar o golpe fatal. Pessoas como o Patrick não fazem falta alguma à sociedade. Na verdade, eu fiz um bem à humanidade ao matá-lo.

Mas, para a nossa sorte, o destino nos brindou com o astuto e inteligente advogado Adam O'Brien, que possibilitou a nossa saída livre da prisão, evitando que Olívia tivesse que pagar por um crime que ela, por óbvio, não cometeu. O desfecho, devo dizer, foi muito melhor do que eu havia previsto.

Durante os anos que seguiram à morte do Patrick, Olívia me pareceu estar feliz com Adam, como nunca a havia visto antes. Parecia que o amava e que ele a completava, e eu estava contente por ela. Por isso, desapareci por um bom tempo, deixando que ela comandasse o destino de nossas vidas.

Contudo, a traição com Eleanor fez com que Olívia, mais uma vez, se afogasse num mar de tristeza, o qual eu não pude permitir. E assim, uma vez mais, eu tive de entrar em cena e assumir o controle das nossas vidas, para o nosso bem.

Matar Eleanor, entretanto, foi um ato pouco mais complexo do que os assassinatos que eu havia cometido anteriormente, por ter exigido astuta premeditação. Entretanto, confesso que gostei.

Com uma arma apontada na sua cabeça, Cameron, minha antiga companheira de cela, a obrigou a escrever um bilhete de despedida, exatamente com os dizeres que eu lhe havia ordenado. Em seguida, e ainda com a arma a intimidando, Cameron ordenou que Eleanor tomasse uma dose cavalar de pentobarbital, medicamento que eu lhe havia entregue no dia anterior ao assassinato. Ela não era inteligente e ardilosa o suficiente para comprar aquela droga no mercado negro sem deixar rastros. Portanto, eu mesma tive de fazer isso.

Com a Cameron fora da cena do crime, era a minha vez de pôr em prática toda a teoria chata e enfadonha que Olívia me fez estudar durante o tempo em que frequentamos o curso de ciências criminais. Pelo menos, para isso aquele tempo que julguei perdido nos serviu.

Ao longo da semana em que o crime seria cometido, eu havia colhido inúmeras impressões digitais do Adam, as quais eu espalhei por toda a casa e nos objetos que estavam no entorno do corpo de Eleanor, já sem vida. Ela bem que poderia ter me poupado todo aquele trabalho, se tivesse mantido as suas pernas fechadas e não ter se envolvido com o marido da sua melhor amiga. "Típica vagabunda sem escrúpulos", pensei comigo mesma naquele momento.

Para que não houvesse dúvida quanto à autoria do crime, tratei de comprar o medicamento fatal — pentobarbital — em um site clandestino mexicano da internet, usando, para tanto, o notebook do Adam, cuja senha pessoal havia sido fornecida à Olívia. E, pronto. Ao ligar o Adam à compra do medicamento, estava claro que ele havia cometido o crime.

Hoje, analisando os crimes que cometi, posso afirmar com a mais absoluta certeza de que o esse foi o meu *capo lavoro*, e sinto orgulho só de relembrar o modo como o planejei e orquestrei.

Mas não parei aí.

Cameron nos procurou assim que saíra da prisão, como Olívia a tinha dito que o fizesse. E ela não poderia ter aparecido em melhor hora, pois eu precisava de uma pessoa estranha e de caráter questionável, para pôr em prática o meu plano de assassinato da Eleanor, e a ex-detenta era a pessoa ideal.

É claro que Cameron recebeu uma generosa quantia pela sua participação no crime, sem a qual ela não teria aceitado o trabalho, mas não chegou a desfrutá-la. Pessoas com a sua índole, mais cedo ou mais tarde, acabam abrindo o bico, e eu não podia correr esse risco. Por isso, decidi descartá-la. Foi melhor assim.

Em uma bela manhã primaveril, Cameron foi encontrada sem vida no centro de Dublin, vítima de uma overdose de cocaína, típica morte de uma ex-detenta. Confesso que eu estava sem muita criatividade na ocasião e a overdose me pareceu a opção mais fácil e viável.

De todas as pessoas que a Olívia se envolveu desde o seu nascimento, Dara foi a única que resolvi manter ao nosso lado. Não julguei necessário descartá-la, já que ela jamais nos magoou. Pelo contrário. Inúmeras foram as vezes que até eu mesma me aninhei em seus braços e deixei-me ser por ela acariciada, devo dizer. Por isso, resolvi poupá-la.

Seja como for, com os meus atos, as nossas vidas, antes permeada de tristeza e agressões, seguia serena após a morte de Eleanor e da prisão de Adam, o que fez com que eu, mais uma vez, me retirasse de cena e voltasse a habitar o meu casulo, cedendo lugar à Olívia, para que dela ela pudesse desfrutar de sua vida e ser, enfim, feliz. Pelo menos era isso que eu ansiava.

– Vinte e Nove –

— Nem preciso dizer o quanto sentirei a sua falta, não é mesmo? Meus finais de semana não serão o mesmo sem a sua companhia — disse Dara, genuinamente entristecida com a notícia da minha repentina mudança para Londres. — Você sabe que é a única família que eu tenho — Ela parecia estar devastada.
— Será melhor para mim. Distanciar-me dessa cidade, onde só sofri, é a coisa certa a fazer. A não ser você, não levarei comigo nenhuma boa lembrança daqui.
Tomada por uma força interna que não me era característica, decidi deixar a pacata e charmosa Naas e escrever um novo capítulo da minha vida, em um lugar bem longe dali. Eu ainda era jovem, contava apenas com trinta anos de idade à época e, portanto, tinha tempo suficiente para buscar e encontrar a felicidade, e era isso que eu estava disposta a fazer naquele momento, ainda que, para tanto, eu tivesse que partir.
Para aprimorar os meus estudos na área da ciência criminal, decidi me matricular em um curso de pós-graduação em uma renomada universidade de Londres, e, uma vez concluído, tinha planos de investir em uma carreira acadêmica naquele país. A experiência adquirida lecionando na universidade de Dublin certamente iria contribuir para pôr em prática esse meu plano.
— Eu a compreendo e, por mais que me doa, apoio a sua decisão, Olívia. Aprimorar-se em sua carreira é a melhor coisa que tem a fazer, pois manterá a sua cabecinha ocupada por um tempo, longe dos maus pensamentos e de tudo de ruim que lhe

aconteceu aqui. Pobre menina, eu sei o quanto sofreu. Mas, não se preocupe, Londres fica perto e sempre que eu puder, irei visitá-la. Não pense que se livrará facilmente de mim! — disse, com o sorriso amável de costume.

Dara, assim como os moradores daquela pequena cidade irlandesa, ficou chocada ao descobrir que Adam era o assassino de Eleanor. Nas diversas tardes que passamos juntas após a prisão dele, ela tentava, em vão, me consolar, mas eu tinha a nítida impressão de que quem efetivamente precisava de consolo era ela e não eu.

A respeitável enfermeira possuía uma inocência infantil e custou a acreditar que fora o Adam, pessoa que ela estimava e julgava ter um bom caráter, quem havia praticado tamanho ato bárbaro. Aquele assassinato brutal, que teve como vítima não apenas Eleanor, mas o bebê que ela carregava em seu ventre, a havia feito perder fé na humanidade, segundo me disse, durante a nossa caminhada com as suas cachorras, rumo à uma pequena cafeteria no centro da cidade.

Enquanto jogávamos conversa fora, para o nosso desespero, Scone conseguiu se livrar da sua coleira e correu em direção à rua, fazendo com que os carros que ali passavam freassem bruscamente, gerando um verdadeiro caos no local.

— Scone, Scone.... — gritava Dara em desespero, enquanto corria em direção à pequena e serelepe cachorra, desviando dos carros, mas sem conseguir alcançá-la. Fiz o mesmo, contudo, sem sucesso, já que a Tea, cuja coleira eu conduzia, não me acompanhou.

Foi então que um homem, que caminhava do outro lado da rua, correu em direção à pequena cachorrinha e a resgatou em meio àquele caos. Só quando ela estava em seus braços, Dara e eu voltamos a respirar normalmente, aliviadas por ela não correr mais perigo.

Com Scone em seus braços, o homem atravessou a rua a passos lentos, rumando em nossa direção e, ao fitá-lo, percebi que aquele rosto me era familiar.

— Scone, sua levada. Você sabe muito bem que não pode sair correndo descontroladamente pelas ruas, ainda mais sem a coleira! — disse Dara, repreendendo-a, enquanto Scone, ainda no colo do estranho, mexia avidamente as patas no ar e tentava lamber o rosto da sua dona, toda faceira e alheia ao risco que se colocara com a fuga.

— Scone... então é esse o nome da donzela que eu resgatei?

Era ele. Eu jamais me esqueceria da voz daquele garoto, de riso fácil e engraçado.

— Olá, Sean. Quando tempo, não é mesmo?

A última vez que o vi foi quando ele tocou no pub, com sua banda universitária de pop rock, e com o qual eu havia flertado na minha adolescência. Mas, como era de se esperar, meu interesse não passou despercebido ao Patrick, que tratou de proibir a banda do rapaz de tocar novamente no bar, sendo que, depois dessa ocasião, eu nunca mais o havia encontrado.

— Olá, Olívia. Que surpresa agradável revê-la — assim como eu, ele se lembrava de mim, o que fez surgir um largo sorriso em meu rosto e fez com que minhas bochechas rosassem. E, por alguns segundos, fiquei imóvel, apenas o analisando.

Seus cabelos castanhos claros, antes ondulados na altura dos ombros, estavam rentes, assim como a sua barba. Os seus olhos, todavia, eram os mesmos: castanhos amendoados, vibrantes e cheios de vida. Como um bom vinho, o tempo havia sido generoso com o Sean, deixando-o ainda mais charmoso, ainda que não tivesse mais a aparência exótica, que outrora portara na adolescência.

— Por onde tem andado? Depois daquele dia no pub, nunca mais o encontrei pela cidade.

Notei que Dara nos olhava de soslaio, enquanto ainda recriminava Scone pela fuga repentina.

— Em Dublin. Depois que me formei no curso de Medicina Veterinária, fui trabalhar em um hospital no centro da cidade, onde adquiri experiência suficiente para me qualificar para o curso de pós-graduação, que em breve cursarei em uma universidade em Londres.

— Você irá se mudar para Londres? — questionou Dara, acariciando Scone em seu colo, que se deleitava a cada toque.

— Sim, em breve. Em setembro começa o curso. Portanto, vim passar o pouco tempo que ainda me resta com a minha família, antes de eu me mudar para a Inglaterra.

Dara não sabia quem era o estranho, mas logo percebeu, pelo modo que eu o fitava e sorria, que era alguém que me despertava interesse. E ela parecia feliz com a notícia de que ele estava se mudando para a mesma cidade que eu.

— A Olívia também está de mudança para Londres. Que coincidência, não é mesmo? — ambos voltaram os seus olhares para mim, inclusive Scone, como se ela estivesse a par do assunto que estava sendo dito.

— Mas que coincidência agradável, Olívia! — a felicidade de Sean me pareceu sincera.

— Sim, você não imagina o quanto! — disse, com um sorriso tímido.

E aquela fora a primeira das inúmeras vezes em que Olívia esteve na companhia de Sean depois daquele reencontro, para a sua felicidade, mas não de Hope, que teve novamente que sair do seu casulo, para reorganizar a bagunça e trazer paz às suas vidas.

Printed in Great Britain
by Amazon